Luigi Pirandello

Lazzaro

PERSONAGGI

DIEGO SPINA

SARA *già sua moglie*

LUCIO *e* LIA, *suoi figli*

ARCADIPANE, *fattore di campagna*

DEODATA, *governante di Lia*

GIONNI, *professore di medicina*

MONSIGNOR LELLI

CICO, *esattore di Dio*

Il MARRA, *notajo*

Due figli naturali di Sara e Arcadipane (non parlano)

Un medico - Una guardia

Signori della strada

Due contadini

Tempo presente.

<h1 style="text-align:center">ATTO PRIMO</h1>

Giardino pènsile in casa di Diego Spina.

La casa antica, modesta è a sinistra (dell'attore). Se ne vede di taglio la facciata, con un rustico portichetto spiovente, sorretto da colonnette, sotto il quale si vedono gli usci che immettono nelle stanze a terreno. Alto poco più d'un metro è in fondo un muro di cinta, rozzo, imbiancato di calce, con una cresta di pezzetti di vetro. A metà di questo muro, stagliata sullo sfondo d'un cielo di strano azzurro (quasi di smalto) è una grande croce nera con uno squallido Cristo dipinto, sanguinante. E, presso la croce, il fusto d'un altissimo cipresso, che sorge dalla sottostante strada. Questo muro di cinta segue anche sul lato destro della scena, interrotto nel mezzo dal largo della scala che scende nella via. C'è per terra qualche ajuola con piante qua e là fiorite, tra vialetti inghiajati, con sedili verniciati di verde.

Al levarsi della tela sono in iscena Deodata e Lia. Lia ha quindici anni, ma è come una bambina. Tiene i capelli sciolti, con un bel fiocco celeste nel mezzo. È persa nelle gambe e sta sempre su una sediola a ruote che fa andare da sé con la sveltezza di un'andatura ormai naturale. Le gambe sono coperte da uno scialle. Deodata è sulla quarantina. Alta e robusta, veste di nero, con una cuffia nera in capo. Seduta su uno sgabello di ferro, lavora a tombolo. È un pomeriggio d'aprile.

LIA (*assorta*) Non scrive da più d'un mese.

DEODATA (*dopo una pausa*) Lucio?

LIA E l'ultima lettera papà non ci ha capito nulla: non ha voluto farmela leggere.

DEODATA Sarà in apprensione per gli esami. Tuo padre, al solito, si mette per la testa tante cose.

LIA Sarà. Ma anch'io, sai? Tante cose.

DEODATA Brava. Anche tu. Attaccàtelo anche a me, codesto male.

LIA Uh, male poi...

DEODATA Male, male: perché tante volte tu - guarda: supponi in qualcuno un pensiero? fàttene accorgere; e il pensiero che prima in quello non c'era, gli nasce per davvero. Chi gliel'ha fatto nascere? Tu, con la tua supposizione.

LIA Scusa: non stai supponendo anche tu adesso che Lucio non scriva perché in apprensione per gli esami?

DEODATA Mi spiego il suo silenzio con una ragione che può essere, come tante altre, probabile: ma che intanto non nuoce a lui e non affligge me - almeno prima del tempo.

Pausa.

LIA Se non si fosse ostinato ad andare all'Università!

DEODATA Ah questo, vedi, questo non ho saputo approvarlo neanch'io. Uscito dal Seminario, poteva mettersi quieto e soddisfatto a esercitare il suo santo ministero di sacerdote, senz'andare a imparare tutte le diavolerie che insegnano là.

LIA Ma allora avrebbe dovuto far subito il soldato...

DEODATA Eh, lo so: questa è stata la scusa. Come se a ventisei anni non dovesse poi farlo lo stesso! Mi pare che - farlo a ventuno - poteva pesargli meno. Mah! Anche per tuo padre l'idea di vederlo da un giorno all'altro senza più la tonaca, in tenuta di soldato, fu come se dovesse vedere il diavolo!

LIA È stato perché Lucio era così patito. Il pensiero di fargli affrontare in quello stato gli strapazzi della vita militare...

DEODATA È inutile: bisogna che in questa casa io me ne stia con la bocca cucita. Ragiono. Ho il vizio di ragionare, tra vojaltri...

LIA - che non ragioniamo -

DEODATA - oh senti: non c'è via di mezzo: o si è santi o si è matti. Tuo padre sarà santo - è un santo, certamente - ma se qualche volta me ne dimentico e bado a quello che dice, a quello che fa, Dio mi perdoni, con quegli occhi mi pare un matto veramente.

LIA (*sorridendo, divertita*) Perché non glielo dici?

DEODATA Glielo dirò, glielo dirò, non dubitare. Mi tengo da tanto tempo! Oggi stesso glielo dirò, davanti a tutti; anche per sgravio di coscienza. - Mi fai ridere, «patito». Perché, patito? Per la vita troppo chiusa in Seminario; per il troppo studio. Fargli prender aria, cambiar vita: mi pare che sarebbe stato il rimedio. Nossignori. Studiare ancora, e chi sa quanto, per finire di rovinargli la salute. Ma quando gli hai detto e dimostrato questo, per lui è nulla. La salute, come tutto il resto. Apre le mani e alza gli occhi al cielo. O se credi che t'abbia dato ascolto, accogliendo qualche tuo suggerimento, vieni tutt'a un tratto a vedere che il tuo suggerimento gli è servito per commettere una nuova pazzia. Come questa che sta commettendo...

LIA - della cessione del podere?

DEODATA - sì: un bel modo di farti prender aria di campagna, come gli avevamo suggerito io e il dottor Gionni qua accanto!

LIA Ma che vuol fare?

DEODATA Del podere? Non l'hai ancora capito? Un ospizio di mendicità.

LIA E che vuol dire?

DEODATA Che tutti i mendicanti della città e anche quelli dei dintorni saranno ricoverati a sue spese nel podere; e vojaltri due, là, tu e lui, in loro compagnia. - Sì, sì, ti farà vispa, t'assicuro io, con quell'aria di campagna imbalsamata dagli stracci della miseria!

S'udrà di sotto la scala a destra la voce di Cico.

LA VOCE DI CICO Permesso? Si può?

DEODATA Ah, tu Cico? Vieni, vieni su.

Viene su dalla scala Cico, che è un esile vecchietto bizzarro, dagli occhietti celesti quasi di vetro, aguzzi, ilari, parlanti. Porta sul cranio lucidissimo un berrettino rosso da ergastolano, e rigirata attorno al collo e pendente davanti e dietro una lunga sciarpa azzurra. Parla a scatti, e ogni tanto si ferma; guarda con quegli occhietti ilari parlanti e accompagna lo sguardo malizioso con un muto sorriso argutissimo.

CICO Rovinato, Deodata, rovinato.

Scorgendo Lia e cavandosi subito il berrettino:

Ah, c'è anche lei, signorinella? servo!

Di nuovo a Deodata:

Rovinato.

DEODATA Chi t'ha rovinato, sciocconaccio?

LIA Papà, scommetto.

CICO E il diavolo! Papà e il diavolo. Tutt'e due. Càpita, signorinella. Più uno è santo e più il diavolo gli sta attorno.

Starnuta.

Permette?

Si rimette il berretto.

Se Dio liberi mi metto a starnutare, son capace d'infilarne cento; e addio, non parlo più!

LIA Che t'hanno fatto, papà e il diavolo?

CICO Rovinato, le dico. M'era venuta un'idea, un'idea!Facevo danari a palate. Avevo trovato la professione. M'ero patentato.

DEODATA Non chiedevi più l'elemosina?

CICO Che elemosina! Esattore. Patentato.

DEODATA Tu, esattore?

LIA Di chi?

CICO Di Dio, signorinella. Esattore di Dio. Avevo combinato una filastrocca che appena mi mettevo a recitarla, lei non può figurarsi la gente che facevo.

Uomini e donne, d'ogni ceto, età,
professione,
marinai, campagnuoli, cittadini,
tutti siamo inquilini

del Signore.

Inquilini del Signore,
proprietario di due case.

Due case,
sì,
due case.

L'una - noi la vediamo - eccola qua.
E sarebbe il Signore buon padrone
per tutti quanti a un modo,
se tanta e tanta gente,
avara e prepotente,
non se ne fosse fatta casa propria,
quand'essa
dovrebbe invece esser casa comune.
C'è chi ha granaio, dispensa, rimessa,
e chi non ha né fune
né tanto muro da piantarvi un chiodo
per potersi impiccare;
e i più son questi, e sono come me.
Ma gli altri intanto debbono pensare
che è pur padrone Dio
dell'altra casa, la casa di là,
di cui comanda che ciascuno paghi
anticipata la pigione qua.
I poveri, com'io,
la paghiamo ogni giorno con le pene
nostre, puntualmente, a tutte l'ore;
ai ricchi invece per pagarla basta
che facciano ogni tanto un po' di bene.

Ne viene,
signori miei, ch'io sono veramente
per conto del Signore
di questo po' di bene

stende la mano

- l'esattore.

Piovevano i denari, signorinella. Come grandinare. Ora con questa diavoleria dell'ospizio che suo papà vuole fondare, lei lo capisce, che pigione anticipata più, per la casa di là! tutti mi diranno: «Ora qua la casa ce l'hai anche tu: vatti a riporre!»

DEODATA Bravo, Cico. Credi dunque anche tu che quest'idea dell'ospizio sia un suggerimento del diavolo?

CICO Altro che! Ne ho in me la prova. Sapete che ce l'ho dentro!

LIA Sì, sì: il diavolo che dice di no.

7

CICO - Le giuro: sempre: senza ch'io lo voglia: io dico di sì, e lui dice di no; con la mia stessa voce, sotto sotto, mentre sto parlando. - Guardi, jeri, davanti allo specchio d'uno sporto di bottega. Dico: «O Dio, ma perché? Ci hai dati i denti, e a uno a uno ce li levi; la vista, e ce la levi; la forza, e ce la levi. Ora guardami, Signore, come m'hai ridotto! Di tante cose belle che ci hai date, nessuna dunque dobbiamo riportarne a Te? Bel gusto, di qui a cent'anni, vedersi comparire davanti figure come la mia!»

DEODATA Questo era il diavolo: mica tu!

CICO Positivo! Il diavolo. E fui tanto contento che Monsignor Lelli, passando, gli diede la risposta che si meritava: «Sciocconaccio, Dio ti riduce così perché non ti costi tanta pena il morire!»

DEODATA Benissimo!

CICO Già. Ma sapete che cosa questo schifoso diavolaccio ha osato ribattere sotto sotto? «Ma potrebbe coi denti levarci anche il desiderio di masticare, e non ce lo leva!» - Si misero a ridere - tutti - anche Monsignore; e io ci son rimasto brutto. Fanno male, fanno male a ridere e a lasciarmelo così senza risposta. - Non son cose a cui ci si dovrebbe divertire! - Questa dell'ospizio di carità era una cosa che mi diceva lui, dentro.

DEODATA Il diavolo?

CICO Il diavolo, ogni volta che finivo la filastrocca: «Ma se intanto una casa i poveri l'avessero anche qua!» Capite? Ed ecco che il padrone ce la dà davvero.

Si sente la voce del dottor Gionni su per le scale.

LA VOCE DEL GIONNI Rediviva! Rediviva!

E il dottor Gionni appare con una coniglietta bianca tra le mani e corre verso la sediola a ruote di Lia. È un bell'uomo antipatico, con barba bionda, ampia, e occhiali d'oro, sulla quarantina; indossa un lungo camice bianco di tela, con cintura in mezzo.

GIONNI Eccotela qua, rediviva, la tua coniglietta.

LIA (*tutta fremente d'una gioja quasi sgomenta, prende la coniglietta*) Viva? Oh Dio! Sì sì! Guarda!

DEODATA Possibile?

GIONNI Da jersera, sì; poco dopo che me la portai via...

LIA Ah, così subito?

GIONNI Non te n'ho detto nulla stamani, perché ho voluto prima accertarmi...

LIA - ma che le ha fatto? com'ha fatto?

GIONNI Niente. Una punturina.

LIA Ah, la mia Riri! Dove?

GIONNI Al cuore.

LIA (*stupita*) Al cuore? Ed è resuscitata?

GIONNI Non è la prima.

DEODATA Ma vada là, a chi vuol darla a intendere? Sarà un'altra!

GIONNI (*a Lia*) Ti pare un'altra?

LIA Ma che! È Riri!

A Deodata:

Vuoi che non la riconosca? Guarda: mi riconosce anche lei!

CICO No no! Questo non può stare. Era morta, e lei l'ha resuscitata?

DEODATA Sarà un'altra, ti dico! O se è la stessa vuol dire che non era morta.

LIA Per esser morta era morta!

GIONNI L'adrenalina.

LIA E ora è viva!

CICO Impazzisco!

Sopravvengono dalla scala Diego Spina e Monsignor Lelli. Diego Spina ha poco più di quarant'anni. Alto, magro, viso pallido scavato che arde tutto negli occhi duri e mobilissimi, quasi da pazzo adirato. Barba e baffi radi, non rifatti, capelli con la scriminatura in mezzo e volti in su da una banda e dall'altra per abitudine di rialzarseli così ogni volta, passandosi le mani sulla testa. Monsignor Lelli, d'apparenza dolce, non riesce sempre a nascondere con gli sguardi e coi sorrisi tutto l'amaro che ha dentro. È molto vecchio.

DIEGO (*venendo avanti*) Che cos'è?

LIA (*subito, esultante*) Ah, tu papà? Guarda, guarda la mia Riri di nuovo viva!

DIEGO Ma che dici!

LIA Eccola qua! Guardala, viva!

DIEGO Non è possibile!

CICO (*a Monsignore*) Morta, e lui l'ha fatta ritornare in vita!

MONSIGNORE (*col sorriso di chi non crede a ciò che dice*) Un miracolo?

CICO (*tutt'un fremito, iroso*) Gli dica subito di no! Non rida! Fa male, Monsignore!

MONSIGNORE Non rido, Cico! Scusa, se è potuta tornare in vita...

DIEGO (*pronto e duro*) - è segno che non doveva esser morta!

9

MONSIGNORE È semplice!

DEODATA Ecco: com'ho detto io!

LIA Ma no, era morta, papà, proprio morta! Non è vero, dottore?

DIEGO (*perentorio, severo, staccando le parole, senza dar tempo al dottore di rispondere*) Non può esser vero!

Poi, voltandosi di nuovo al dottore, con piglio nervoso:

Lei, mi scusi Dottore, non deve, non deve... -

GIONNI (*come uno che non riesca a comprendere il caso che si sta facendo di una cosa per lui naturalissima*) - che cosa? -

DIEGO - dire codeste enormità alla mia figliuola!

GIONNI Perché enormità?

DIEGO Ah le sembra normale che si possa?...

GIONNI Se lei fosse informato...

DIEGO Sono informato! Si leggono purtroppo nei giornali, queste e altre simili prodezze. E so lo scempio che lei fa di codeste bestiole nel suo laboratorio. Ne ho orrore.

GIONNI Ma questa l'ho rimessa in vita -

MONSIGNORE (*subito*) - da morta che pareva.

GIONNI (*pronto e fermo*) Era, non pareva.

DIEGO Mi sa dire come fa lei ad affermarlo?

GIONNI Eh, vuole che un medico non sappia?...

DIEGO (*troncando, severo*) Io so che Dio solo può, per un miracolo, richiamare da morte a vita.

CICO Ecco: bene!

MONSIGNORE Proprio così!

GIONNI Credo anch'io così, Monsignore. Dio solo. Non presumo mica d'averlo fatto io il miracolo: posso anche considerar la scienza come uno strumento di Dio. Tutto sta a intenderci.

MONSIGNORE Ma su che vuole intendersi lei, dice sul serio?

GIONNI Su la sua fede e su la mia.

DIEGO (*sdegnato, togliendo di mano a Lia la coniglietta e dandola a Gionni*) Prenda: se la riporti al suo laboratorio!

LIA (*di scatto*) No, la mia Riri!

DIEGO Basta, Lia!

GIONNI Io m'ero inteso, signor Spina, di procurare una gioja alla sua figliuola. Mi ringrazia così?

MONSIGNORE La fede è una sola!

GIONNI E comanda di riportare al laboratorio questa bestiola?

LIA No, papà!

MONSIGNORE (*a Lia*) Se Dio te l'aveva tolta...

GIONNI Dio gliela ridà!

DIEGO (*non potendone più*) La prego, insomma, dottore!

GIONNI E va bene, me la riporto via, me la riporto via.

S'avvia per la scala. Prima di scendere si volta a Lia.

Stai tranquilla, cara, te la tengo in vita!

DIEGO (*chinandosi amoroso verso la figlia che piange*) Non voglio, non voglio che tu pianga, Lia... Tu sai come si fa... Si offre a Dio...

LIA Sì, papà... sì, sì ... Vado, vado...

Si avvia verso casa su la sua sediola a ruote e scompare per uno degli usci sotto il porticato. Tutti la seguono con gli occhi.

MONSIGNORE Forse potevate lasciargliela.

DEODATA (*rabbiosa, commossa*) Mi pare! Una gioja così innocente...

MONSIGNORE No, ecco, a dir proprio, innocente no, se riavuta con quel mezzo!

DIEGO (*un po' pentito*) Avete pur sentito che per lei quella bestiola era morta!

DEODATA Riaverla viva...

DIEGO (*rivoltandosi iroso*) Ma lo capite bene ciò che dite?

CICO Morta e rediviva!

DIEGO Credere possibile una tal cosa; e d'averne la prova lì sulle ginocchia? Mi ha fatto un tale impeto dentro...

DEODATA - ma chi? la bambina?

DIEGO - no, sentir parlare quell'uomo!

11

DEODATA - e che c'entrava la bambina? Strapparle con tanto sgarbo quella bestiola dalle mani...

DIEGO - lo sto confessando, mi pare.

DEODATA - non aveva supposto proprio nulla del male che lei ci ha visto! - Oh senta, infine; io glielo dico qua, davanti a Monsignore. Le prove che Dio ci manda - accettarle con rassegnazione - sta bene; tutti i sacrifizii, tutti, se comandati da Lui - compirli con gioja - sta bene. Ma deve essere Lui, o il suo vicario in terra; guardi, anche Monsignore, se in nome di Lui me li comanda. - Ma lei, no! Lei, se vuole, può sacrificare se stesso...

DIEGO - io...

DEODATA - sì, s'è sacrificato tutta la vita! - ma pretenderlo dagli altri, il sacrifizio, no!

DIEGO Io, lo pretendo? contro la volontà?...

DEODATA Eh, mi pare! Volontà... Che volontà vuole che abbia la sua figliuola di fronte a lei? Sì, sì, lei sacrifica tutti con sé! Forse non se n'accorge nemmeno. Ma guardi: ora stesso, con quello che vuol fare...

DIEGO - che voglio fare?

DEODATA - quel suo ospizio!

DIEGO - ah, l'ospizio... - ancora con quest'ospizio!

DEODATA Scusi: - ha pensato a me? voglio dire al bene che ho sempre voluto a quella sua creatura disgraziata? a tutte le cure mie, amorose, che ora le verranno a mancare?

DIEGO Perché a mancare?

DEODATA Me lo domanda? Non pretenderà mica ch'io venga in quel suo ospizio tra i mendicanti giubilati! Ho sentito dire che ci accoglierà anche la Scoma?

CICO Sì sì, lo va dicendo lei, la Scoma!

DEODATA Ma si sa, per premiare la virtù!

MONSIGNORE Smettetela, Deodata!

DEODATA (*come non se ne possa dar pace, rivelando il dispetto d'una antica rivalità*) Quella strega che va accattando col suo ritratto in cornice, appeso al collo come un abitino! E non la chiede mica in nome di Dio l'elemosina, che! in grazia di quella che fu, che lo sanno tutti, e lo dice del resto quel suo ritratto. Si provi a non fargliela: le sputa dietro bestemmie e certe parolacce...

MONSIGNORE V'ho detto, smettetela!

DEODATA Sì, Monsignore, ma capirà...

MONSIGNORE (*con un'intenzione sottintesa*) Se v'ingegnaste di capire un po' voi, piuttosto!

DEODATA Capisco! Capisco! E giacché lei dice così... - vogliono permettere? - no, non a me - permettere alla mia coscienza - di parlare? Calma, calma, non dubiti. - È coscienza: ci guardino dentro. Posso sbagliare. Ma debbo parlar chiaro. E dire tutto.

A Diego:

È un pretesto, non è altro, un pretesto per la sua debolezza, questa fondazione che vuol fare dell'ospizio nel podere! -

DIEGO Debolezza?

DEODATA - sì: di non aver saputo cacciare da quel podere... -

MONSIGNORE (*severissimo*) - zitta, Deodata!

DIEGO No no: la lasci dire!

DEODATA - sua moglie, che ci vive da tant'anni in peccato mortale con un uomo, suo servo, con cui ha avuto due figli.

DIEGO (*con dolente semplicità*) Perché dite debolezza?

DEODATA Oh bella! Perché non ha avuto il coraggio...

DIEGO (*pronto, troncando*) - l'ho avuto; contro di me!Tanto più grande, quanto più m'ha umiliato nella stima degli altri: ecco, di voi che dite debolezza.

DEODATA Ma scusi, c'è o non c'è, qua, sua figlia? E i medici, hanno, sì o no, prescritto per lei la campagna? Dovrebbe ora sua figlia - lei sola - darle la forza di fare ciò che avrebbe dovuto da tanto tempo. E lei invece l'ha tenuta in casa, per lasciar godere la campagna alla madre indegna.

DIEGO (*forte, per troncare*) Non dite così: non sapete quello che vi dite!

DEODATA (*dopo una breve pausa, a voce bassa come se non potesse farne a meno, di dirlo almeno a se stessa*) Lei è capace finanche di difenderla!

DIEGO (*subito, pronto*) No. La difendete voi, invece, senza saperlo.

DEODATA Io?

DIEGO Voi, sì. Perché ella voleva appunto per la figlia quello stesso che volete ora voi.

DEODATA La campagna?

DIEGO La campagna.

Pausa. Poi:

Perché credete che si sia allontanata da me? Non potemmo mai metterci d'accordo sul modo d'allevare prima, e poi d'educare i figliuoli.

DEODATA Ah, per questo?

DIEGO Per questo, per questo.

Altra breve pausa.

Monsignore, li amava, d'un amore... non so, troppo carnale, a mio giudizio. Come tante madri, del resto.

CICO Eh, una mamma...

E subito si tappa la bocca.

DIEGO E fu proprio per lei, per la bambina, quand'ammalò - credette per mia colpa - perché avevo voluta metterla troppo piccina in collegio dalle suore - m'odiò - non poté più sopportare la mia vista - maledisse la casa e se n'andò a vivere nel podere...

DEODATA - con quello? -

DIEGO (*sdegnato*) - ma che con quello! (fu due anni dopo) - nel podere, aspettando che le recassi là la bambina, persa ormai nelle gambe.

DEODATA Ah - e lei?

DIEGO Non volli.

DEODATA Fece male!

DIEGO (*a Monsignore*) Impose per la riconciliazione il patto che riprendessi in casa anche l'altro figlio.

DEODATA Lucio?

DIEGO - Lucio - levandolo dal Seminario dove era stato messo. - Monsignore, forse l'avrei fatto. Ma ammettere come una mia colpa -

MONSIGNORE - la sventura della bambina? -

DIEGO - (in coscienza, non potevo riconoscermela) - e ritrarre, come per ammenda a questa colpa, Lucio dalla carriera ecclesiastica, m'avrebbe condotto a fare dei miei figli, d'allora in poi, ciò che avrebbe voluto lei -

MONSIGNORE - inevitabilmente -

DIEGO - a derogare a me stesso, al mio sentimento, ai miei principii...

MONSIGNORE E dite che l'avreste fatto?

DIEGO Fui sul punto di farlo, sì; più volte.

MONSIGNORE Male!

DIEGO Potei capire, grazie a Dio, ogni volta, che l'avrei fatto perché amavo e desideravo ancora quella donna -

MONSIGNORE - ecco! -

DIEGO - e che solo per questa viltà della mia carne...

MONSIGNORE - ecco, ecco -

DIEGO Mi vinsi. E nessuno seppe mai tra quante lagrime ricusassi d'arrendermi, e con quale speranza segreta che s'arrendesse lei, invece, per pietà della figlia inferma.

DEODATA Avrebbe dovuto sentirla!

DIEGO Sentì più forte l'odio per me; e non s'arrese.

DEODATA (*di scatto, diabolica*) Lei l'ama ancora! L'ama ancora!

DIEGO Ma no, che dite?

DEODATA Si vede! si vede! Lei l'ama ancora!

CICO (*tutt'un fremito*) Ecco, ecco il diavolo! Lo stava per dire il mio, e l'ha detto il suo!

DIEGO (*con un sorriso triste*) Sì, Cico, il diavolo davvero. Che male vuoi che ci sia più in quest'amore che devo avere, sì, anche per lei; non è vero, Monsignore?

A Deodata, dopo una pausa:

Vedete bene che sarebbe ingiusto - un doppio torto da parte mia - se mi valessi ora del bisogno che Lia ha della campagna per la sua salute, cioè proprio di quello che ella voleva allora per la figlia; e per cui, non essendomi io arreso, lei si trova ora in peccato.

DEODATA Non vorrà credere, adesso, per causa sua!

DIEGO Se io le avessi portato là i figli...

MONSIGNORE No, no. Il vostro torto è stato un altro, è stato un altro: non averla cacciata a tempo, voglio dire appena veniste a sapere che s'era messa con quell'uomo -

DIEGO - sì, ma... -

MONSIGNORE Non dovevate tollerare che seguitasse a vivere da adultera in casa vostra: se il podere era vostro - (io credevo, di lei) -

DIEGO - no, mio, mio -

MONSIGNORE - è stato enorme! Ma non avendolo fatto a tempo, quando ne avevate tutta la ragione, non potete più, certo, farlo adesso -

a Deodata:

non può, col pretesto della salute della figlia, che darebbe ragione a lei e torto a lui.

DIEGO Perché lei non sa, Monsignore, quello che si produsse in me quando venni a sapere; ciò che nel primo impeto mi vidi in procinto di fare! Tenermi; non far nulla - così - vivere del mio strazio; lasciarlo durare, durare, senz'offrirgli il più piccolo sfogo, anzi, come un bottone di fuoco, lo scherno della gente, fu la mia vittoria: il martirio. Lungo. Lungo, perché la ferita mi si riapriva sempre, e il sangue - sangue cattivo - tornava a sgorgare. Mi dissero che s'era privata di tutto; che aveva buttato via i suoi abiti da signora... -

DEODATA - ma perché sa che, vestita come veste -

DIEGO - da contadina? -

DEODATA - eh, sì, sta un amore: lo dicono tutti: una simpatia!

CICO Bella, sì, bella: sembra ch'abbia ancor venti anni! Quando passa, si voltano tutti a guardarla. Pare il sole! Un miracolo.

DEODATA (*alludendo all'amante servo*) La vuole lui, così bella?

DIEGO (*con urlo improvviso, violentissimo, che sconcerta e fredda tutti*) Basta! Non posso sentirlo dire da voi!

DEODATA (*sordamente, dopo una pausa*) Ne ha parlato lei...

DIEGO Non si diede per vizio a quell'uomo. Né lui è come voi ve lo figurate. Lei sa, Monsignore, che ha mandato sempre a mio nome all'ospedale tutti i proventi del podere, dopo che io la prima volta li rifiutai. E i proventi sono sempre cresciuti, di anno in anno. E il podere è divenuto il più ricco, il meglio beneficato di tutti i nostri dintorni.

CICO Ah, un paradiso: il paradiso terrestre! Io ci vado, e lo so. E quei due ragazzi più belli della madre, che già lavorano oh! zappano, con due zappette così, accanto al padre, pieni di salute.

DIEGO Certo, sarà un danno cacciarli via: dico per l'ospedale.

DEODATA Ecco che pensa all'ospedale adesso!

DIEGO Penso che vivono da poveri, beneficando; e che ora, se li mando via, dovranno provvedere a sé -

DEODATA - sarà la loro punizione! -

DIEGO - sia! ma il bene che intanto facevano, non deve andar perduto; dovrò farlo io, ora, ad altri, lo stesso bene -

DEODATA - fondando l'ospizio in quel podere? rovinerà il podere, e il bene sarà poco; mentre n'ha già fatto tanto che potrebbe bastare oramai; s'è spogliato di tutto! Ecco, Monsignore, io volevo dir questo: se ne ha il diritto, con la figliuola così.

DIEGO Non ha bisogno di nulla, la mia figliuola: solo di raggiungere, quando a Dio piacerà, ciò che in terra non ha potuto avere. Dire non basta, bisogna *provare* la povertà. E allora, via tutto! - Mia figlia vivrà in campagna, ma vi vedrà - povero tra i poveri - suo padre; e ne sarà contenta, vedendomi contento - ah sì, alla fine! così soltanto! - Non potrei altrimenti figurarmi quei due cacciati dalla terra, raminghi in cerca di lavoro.

Voltandosi di scatto a Deodata

Non mi guardate con codesti occhi! Prego Dio ogni sera che mi richiami a sé, non per avere io un sollievo da queste prove che ha voluto mandarmi, ma per levar loro dal peccato in cui vivono. Perché io so che lei ha trovato un uomo, ha trovato un uomo.

Il cielo, a questo punto, col tramonto, è diventato tutto di fiamma. Si ode dal fondo della scala il suono di un campanello.

DEODATA Suonano. Chi sarà? La porta dev'essere aperta, se non l'ha chiusa lei.

A Cico:

Va', va' a vedere chi è.

Cico va alla scala; fa un atto di stupore, quasi di sgomento, e torna indietro.

CICO Uh! Lei! Lei! La signora!

DIEGO Lei qua?

CICO Sì, tutta vestita di rosso, e il manto nero!

DEODATA Avrà saputo, e forse viene...

MONSIGNORE Per il podere?

DIEGO E come osa?

MONSIGNORE (*vedendola apparire e fermarsi nel largo della scala*) Eccola qua!

DIEGO (*piano*) Ritiratevi. Lasciatemi solo con lei.

A Deodata:

Attenta a Lia.

Monsignor Lelli, Deodata e Cico si ritirano ed escono per uno degli usci sotto il porticato. Sullo sfondo del cielo infiammato, Sara, tutta rossa e col manto nero, sembra un'irreale apparizione di ineffabile bellezza: nuova, sana, potente.

SARA (*assorta, guardando e comparando col ricordo le cose come ora le rivede, più anguste, meschine*) Il giardino... la casa...

DIEGO Hai potuto osare, davanti a tutti, ripresentarti a me?

SARA (*c. s.*) E anche tu... Dio mio, che faccia...

DIEGO Lascia stare la mia faccia! Dimmi perché sei venuta!

SARA Non temere. Appena la gente saprà perché, comprenderà che dovevo venire e non ne farà maraviglia. D'altro avrà da maravigliarsi; non di questa mia venuta.

DIEGO Vieni perché hai saputo?...

SARA - dell'ospizio? No.

Ride.

Ah, tu hai temuto che venissi a intercedere, a pregarti di lasciarci nel podere?

DIEGO Non vieni per questo?

SARA Ma no! Noi non viviamo del tuo podere -

DIEGO (*rapido, cercando d'interrompere*) - lo so, lo so -

SARA - e dunque? - viviamo del lavoro che vi facciamo e che domani possiamo fare anche altrove. Questo per noi non ha importanza. Potrebbe averla al più al più per i poveri malati dell'ospedale.

DIEGO L'ho detto or ora anch'io -

SARA - ecco - e giacché ne parli tu - (*io ho ben altro da dirti, e non pensavo venendo di doverti parlare di questo*) - ma giacché ne parli tu -

DIEGO - no: prima dimmi la ragione per cui sei venuta -

SARA - aspetta: se cerchi una scusa per mandarci via -

DIEGO - non è una scusa! -

SARA - che vuoi che se ne facciano, del podere, questi vecchi mendicanti della città, avvezzi a girovagare tra la gente? Chiusi lì, si sentirebbero in prigione: puniti e non beneficati. In capo a un anno, il podere morrebbe in mano a loro -

DIEGO - ci sarò io, con loro -

SARA - tu? e che potresti far tu con codeste braccia? Mi fai ridere! Non l'hai più veduto e non sai com'è; quello che ne abbiamo fatto! Non c'è più un palmo di terra che non sia coltivato -

DIEGO - lo so -

SARA - l'orto, la vigna, il frutteto: uh, frutta per tutte le voglie! Abbiamo trovato l'acqua, sai? quella vena che dicevi tu, che certe volte, ricordi?, si sentiva scorrere sotto il ciglio del sentiero che conduce alla vallata: quella! Una ricchezza. Ha rinfrescato e rinnovato tutto. Tre vivai grandi sempre pieni, e scorre per le zane, da per tutto, allegra, e ti fa tirare dal fondo dei polmoni il respiro quando ne senti il fragore, certe sere di caldo. - Ebbene, guarda, se quest'ospizio è una scusa, non pensarci più.

DIEGO Non è una scusa, t'ho detto.

18

SARA Ce n'andremo via; via da noi; anche domani stesso, se vuoi, senza darti nemmeno il disturbo di cacciarci tu. Mettici un altro fattore, però - onesto - e che sappia lavorare. Fai così. E fallo, dài ascolto a me, fallo per il sangue tuo! Come vuoi lasciarli, questi figli, ci pensi?

DIEGO I figli... Séguiti a volertene dar pensiero, *ancora?*

SARA Dici a me, ancora? - tu? - E chi mi negò di darmene pensiero sempre, sempre; e soltanto di loro?

DIEGO (*infossandosi*) Lasciamo questo discorso.

SARA Non volesti più tu, ch'io fossi madre per i miei figli, a costo di fare anche a meno della moglie!

DIEGO Sì. Perché volevo che la moglie fosse madre per i miei figli, educandoli a mio modo.

SARA Ah no, questo no! questo mai!

DIEGO Dunque vedi?

SARA Il fatto mi dimostra, ora più che mai, che avevo ragione io, sai? io e non tu!

DIEGO Lasciamo, lasciamo questo discorso.

SARA (*indica il Crocefisso*) Tu non vedi che Quello, e a tuo modo soltanto!

DIEGO Non bestemmiare!

SARA Io? Sono la prima a inginocchiarmi! Ma Quello, sai, è lì per dare la vita, non per dare la morte!

DIEGO Ma sta' zitta! Che vuoi parlare tu di vita e di morte? Ti sei dimenticata che la vita vera è di là! Quand'è finita la carne...

SARA Io so che ce l'ha pur data Dio, anche questa di carne, perché la vivessimo qua, in salute e letizia! E nessuno può saper questo meglio d'una madre! Volevo la gioja, io, la gioja e la salute per i miei figli! E anche la ricchezza, sì: per loro, non per me (io ho fatto e faccio la contadina!). E se tu lasci il podere per i tuoi figli - guarda - sarò felice d'aver lavorato con queste braccia - lavorato davvero, sai! - a renderlo ricco come ora è, per loro!

DIEGO Ne hanno fatto a meno finora, con l'ajuto di Dio, e possono seguitare a farne a meno.

SARA Che ne sai tu?

DIEGO Lo so.

SARA Tante cose possono avvenire che tu non supponi nemmeno!

DIEGO Intanto, per una, ho già provveduto. E quanto a Lucio...

SARA (*come se l'aspettasse a questo*) Quanto a Lucio?

DIEGO Ha già i suoi ordini.

SARA E se non gli bastassero più?

DIEGO Come, se non gli bastassero? Gli debbono bastare!

SARA Lucio è da jeri con me.

DIEGO (*restando*) Lucio? Che dici? Con te, dove? È tornato?

SARA Tornato, sì. Ed è venuto da me. Ecco perché ti dicevo che il fatto, ora più che mai, mi dà ragione.

DIEGO (*ancora quasi incredulo*) Lucio è venuto da te?

SARA Mi vedi qua per questo. Tuo figlio è venuto da me.

DIEGO Ma come, venuto? Gli hai scritto? L'avrai chiamato tu?

SARA Come avrei potuto chiamarlo io? No. E perché?

Con fastidio.

Ah, tu pensi ancora per il podere? Ti dico che sono pronta a lasciartelo anche domani!

DIEGO Allora... spontaneamente? E per qual ragione?

Smarrendosi

È venuto senza farsi vedere qua... Non ha più scritto... Che gli è avvenuto?

SARA Io non so. Ero nell'orto. Me lo vedo comparire davanti. Non l'ho riconosciuto in prima; e come avrei potuto riconoscerlo?

DIEGO Ma venuto da te, per che fare? Che t'ha detto?

SARA Ah, cose m'ha detto... - non posso ripetertele così... Bisogna che tu lo senta parlare!

DIEGO Cose... cose per te?

SARA Non per me - per tutti!

DIEGO Dev'essersi impazzito!

SARA No! Che impazzito! È un altro!

DIEGO Un altro? Che vuoi dire? T'avrà pur dato una ragione della sua venuta!

SARA Sì. Per riconoscermi.

DIEGO (*stordito*) Riconoscerti?

20

SARA Sì. E rinascere. Lui, da me. Rinascere da me, sua madre. L'ha detto! Lo guardavo, smarrita. Che viso s'è fatto: di cera! E che occhi! Mi vedo tendere le braccia, e con due lagrime che gli sgorgano da quegli occhi... «Mamma!» Mi son sentita... mi sono sentita ribenedetta! M'ha abbracciata; ha pianto su me, a lungo, a lungo, tremando tutto tra le mie braccia. Non ho mai sentito nessuno tremare così!

DIEGO (*quasi tra sé*) Ah Dio, ah Dio, ajutami, sostienimi, Dio! Dio, Dio, che vuoi tu da me?

A Sara:

Ma come? Senza pensare che là, dov'è venuto a trovarti, tu vivi con uno che non è suo padre; e che egli...

Tutt'a un tratto, come fulminato da un dubbio:

Ma forse... Ah Dio... forse non ha più l'abito?

SARA No.

DIEGO (*com'atterrito*) S'è spogliato dell'abito? Ha buttato via l'abito?

SARA Ma sentissi come parla ancora di Dio!

DIEGO (*farneticando*) Dov'è? Dov'è? dimmi dov'è, nel podere?

SARA No; è venuto con me, per parlarti.

DIEGO Vuole parlarmi?

SARA Spiegarti...

DIEGO Dov'è?

SARA S'è fermato alla porta della città, in casa di mia sorella.

DIEGO Ah, vado, vado, vado...

E si precipita, com'impazzito, giù per la scala. Sara resta perplessa e un po' sgomenta di quella fuga; si guarda attorno; scorge Cico che guarda col suo berrettino rosso da una delle colonnette del portico e lo chiama con la mano. Il cielo, d'improvviso, da rosso che era, s'è fatto violaceo, e la scena appare come freddata d'un tratto da quella livida luce sinistra.

SARA Vieni, vieni. Bisogna corrergli dietro; io non posso. È tornato Lucio, senza più l'abito.

CICO Ah sì?

SARA Sì, sì. È corso com'un pazzo. Avverti, avverti in casa. Io scappo. Bisogna badare a lui!

Via di fretta, per la scala. Viene fuori da uno degli usci del portichetto Deodata a spiare; e subito Cico la chiama. Deodata accorre.

DEODATA Che t'ha detto? E lui perché è scappato?

21

CICO Lucio, Lucio... il diavolo... Ha buttato via la tonaca!

DEODATA Lucio? Te l'ha detto lei?

CICO Lei, lei! il diavolo!

DEODATA Ah Dio, ajutaci! E che avverrà adesso di quell'uomo?

CICO È corso via, s'è precipitato! Gli corro dietro!

Via di furia per la scala.

DEODATA Sì, vai vai! Ma dove sarà andato? Oh Signore Iddio! E tutta vestita di rosso era, come una vampa dell'inferno! Per dare quest'annunzio!

Monsignore, Monsignore!

Entra, costernato, Monsignore.

MONSIGNORE Che cos'è? che cos'è?

DEODATA Lucio s'è spogliato da prete!

MONSIGNORE No! Che mi dite!

DEODATA È venuta lei a dargliene l'annunzio! E lui è scappato via!

MONSIGNORE Dove?

DEODATA Non lo so! E scappato!

Si sentono prossime grida confuse, affannose, che si avvicinano sempre più.

MONSIGNORE Sentite? Che avviene? Gridano!

GRIDA - Piano piano... Di là! Per quella scala!

- Ma com'è stato?

- Ah, il signor Spina!

- Piano! Piano per la figlia!

- Ma è morto? Com'è stato? Ah poveretto!

- Attenzione! Attenzione a salire!

- Rivoltatevi! La testa in su! La scala è erta!

DEODATA (*accorrendo alla scala*) Ah Dio, il padrone! Che è stato?

CICO (*risalendo la scala*) Investito! investito!

MONSIGNORE Correte, Deodata, impedite alla figlia di venire.

DEODATA Ma non sarà morto!

MONSIGNORE No, no, speriamo di no! Andate, andate!

Viene su dalla scala affannosamente un gruppo di gente della strada che sorregge per la testa e per i piedi il corpo abbandonato di Diego Spina, e va con stento a deporlo su uno dei sedili del giardino, bene in vista. Qualcuno avrà in mano un lanternino acceso. Deodata corre verso la casa. Quando il gruppo dei portatori avrà superato la scala, davanti a questa, parato da Cico, si vedrà un altro gruppo di curiosi costernati.

VOCI DEI PORTATORI - Su, su, piano!

- Di qua, di qua!

- Deponiamolo su quel sedile!

- Sì, sì, piano, di qua!

MONSIGNORE Ma non è ferito!

UNO DEI PORTATORI No, nessuna ferita!

MONSIGNORE Ma com'è stato?

UN ALTRO DEI PORTATORI S'è gettato contro un'automobile!

MONSIGNORE Come, da sé? Impossibile!

IL PRIMO Eh, pare!

UN TERZO No, correva all'impazzata!

UN QUARTO È parso a tutti!

MONSIGNORE Impossibile! Impossibile!

IL PRIMO L'automobile ha sterzato -

IL SECONDO - non l'ha messo neanche sotto! -

IL TERZO - ma l'ha sbatacchiato con tale impeto contro il muro, che subito è cascato là, come un cencio.

MONSIGNORE Non dà più segno di vita!

IL QUARTO No? Fino a poco fa respirava.

MONSIGNORE È gelato!

CICO (*dalla scala, facendo largo tra i curiosi*) Ecco il dottore! ecco il dottore! Largo! Largo!

Accorre dalla scala un medico chiamato lì per lì in qualche farmacia.

IL MEDICO (*accorrendo, a Cico che vorrebbe ragguagliarlo*) Ho saputo, ho saputo, investito! Fate largo! Lasciatemi vedere!

Si china su lo Spina, lo osserva un momento, gli sbottona il colletto, la camicia, il panciotto, gli ascolta il cuore. Nel frattempo, gli astanti commentano sottovoce.

GLI ASTANTI - Pare morto!

- Eh sì.

- Che disgrazia!

- Silenzio!

IL MEDICO (*sollevando il capo*) È morto.

GLI ASTANTI (*con diverse voci*) Morto?

IL MEDICO (*dopo essersi di nuovo chinato a riascoltare il cuore del giacente, tra lo stupore angoscioso, la pietà e lo sgomento di tutti, conferma rialzandosi*) Morto.

TELA

ATTO SECONDO

Atrio rustico della casa di campagna di Diego Spina. L'atrio è coperto da una tettoja, di cui si vedono le tegole, spioventi verso il fondo; e poggia su due pilastri imbasati su un murello basso di cinta che s'apre nel mezzo per dare accesso nell'atrio mediante uno scalino. Lungo il murello di cinta è un sedile di pietra. Nel fondo è il podere: tripudio di verde nel sole: un paradiso. Nel lato destro dell'atrio è l'apertura della scala che conduce al piano superiore della villa. Di qua e di là sono altri due sedili di pietra, addossati al muro. Verso il fondo, dopo il sedile, un uscìolo. Nel lato sinistro è la porta che immette, mediante uno scalino d'invito, nell'abitazione del fattore. Nel mezzo della scena una vecchia tavola rustica e vecchie seggiole e qualche sgabello.

Al levarsi della tela sono in iscena Arcadipane e un contadino, già carico di fagotti. Un altro fagotto è per terra, e una grossa bisaccia sulla tavola. Arcadipane, alto, poderoso, con la barba crespa, nera, occhi grandi, ridenti e ingenui come quelli di un bambino, porta in capo un berretto nero villoso, che s'è fatto da sé, dalla pelle d'una capra; veste da contadino, di panno turchino, con gli stivaloni; invece del panciotto, sulla camicia bianca di grossa tela, ha un'altra camicia d'albagio, violacea, a quadri rossi e neri. Il colletto floscio della camicia di tela è rimboccato su questa d'albagio. Alla vita una cintura di cuojo.

ARCADIPANE (*prendendo da terra il fagotto*) Vedi se puoi portare anche questo. Così avremo finito di sgomberare.

Carica con garbo il fagotto sulle spalle del contadino. Intanto dalla porta a sinistra esce un altro contadino carico d'una cassa dipinta di verde. Lo segue Sara. Da lontano, si odono i sonagli d'una carrozza che s'avvicina.

SARA Anche questa cassa sul carretto?

ARCADIPANE Sì.

Al contadino:

Ma aspetta a scaricarla. Vengo io. Bisogna trovarle posto; e legar tutto bene. Andiamo. Io prendo la bisaccia.

La prende.

SARA Sulla mula, la bisaccia.

ARCADIPANE Oh, viene una carrozza: non saranno mica loro?

SARA No. Troppo presto.

ARCADIPANE Su non resta più nulla?

SARA Più nulla. Va', va' a vedere chi può essere. Ma non è possibile che siano loro.

Rientra in casa.

Arcadipane dall'atrio segue i contadini che già sono svoltati a sinistra, uscendo dal fondo. La scena resta vuota per un momento. Rientra dal fondo Arcadipane seguito dal dottor Gionni.

ARCADIPANE Ecco, entri, signor dottore. Se vuol salire – non so – qua da me, o dal figlio.

GIONNI No no. Riparto subito. Ritornerò, dopo la visita che debbo fare qua vicino, nella campagna del Lotti.

ARCADIPANE Ah, per la madre: lo so. Pare che stia molto male.

GIONNI Eh, purtroppo. Passando, mi son fermato per prevenirvi... -

ARCADIPANE - aspetti: chiamo Sara.

Va alla porta a sinistra, sale lo scalino e chiama:

Sara, vieni: c'è qua il signor dottore.

Sara entra dalla porta a sinistra.

SARA (*in apprensione*) Che altro di nuovo?

GIONNI Nulla, non s'allarmi. Voglio soltanto prevenire Lucio d'una cosa.

SARA Dev'esser su, Lucio. Strano che non abbia sentito i sonagli della vettura.

GIONNI Dormirà.

SARA No. Magari! Non dorme più. E sono tanto in pensiero per lui, creda. Ora poi, con questa disgrazia del padre...

GIONNI Sì, ma ormai...

SARA Lei non può immaginarsi quella sua povera testa -

ARCADIPANE - senza mai requie -

SARA - con quegli occhi - io non so - come induriti, sì, mi fanno questa impressione: induriti dal dolore - eppure, accesi come avesse la febbre. Quello che pensa!Jersera m'ha detto che forse è prossima la resurrezione del padre.

ARCADIPANE Oh come? E non è già risorto? col miracolo...

e accenna al Gionni.

GIONNI Per carità, non dite miracolo, non dite miracolo anche voi!

ARCADIPANE Lo gridano tutti a una voce!

GIONNI È ben questo il male, a cui bisogna riparare!

ARCADIPANE Male? Ne siamo sbalorditi tutti ancora! Non si parla d'altro nelle campagne.

SARA E figurarsi in città!

GIONNI Già, ma figuratevi anche lui, ora; voglio dire, quel che c'è da temere per lui, appunto per questo.

ARCADIPANE Perché tutti gridano al miracolo della resurrezione?

GIONNI Appunto, appunto. Non lo può ammettere, lui, codesto miracolo, credendo come crede.

ARCADIPANE E perché no?

GIONNI Perché Dio solo può richiamare da morte a vita.

ARCADIPANE E come? non è stata forse volontà di Dio?

GIONNI Ecco! Bravo! Non sono mica un diavolo per voi?

ARCADIPANE Che dice mai, signor dottore!

GIONNI Mi vedo guardato da tutti come uno ch'abbia il potere infernale di resuscitare i morti...

ARCADIPANE Eh, ne ha resuscitato uno!

GIONNI Appunto, per un miracolo! E proprio quest'uno, che dovrebbe ringraziarne Dio, mi fa stare ora in tanta apprensione che venga a saperlo!

SARA Ah, ecco, dice forse per questo, Lucio, allora -

GIONNI - che cosa? -

SARA - che è prossima la sua vera resurrezione!

GIONNI Suppone che alla fine lo riconoscerà anche lui?

SARA Lo spera, forse.

GIONNI Farebbe bene a non sperarlo tanto. Son venuto appunto a prevenirlo circa al modo di comportarsi con lui, appena verrà; e ne prevengo anzi anche voi...

SARA - ma noi no, non lo vedremo noi, dottore: ce n'andremo prima ch'egli arrivi -

ARCADIPANE - siamo sul punto d'andarcene -

GIONNI - ah, già, scusate... -

SARA Vado su, vado su a chiamar Lucio.

Attraversa la scena ed esce, salendo la scala a destra.

GIONNI Eh, lo so! V'ho reso un cattivo servizio, Arcadipane. Certo, voi, all'annunzio della morte...-

ARCADIPANE - non crederà, signor dottore, che Sara ed io ce ne fossimo rallegrati -

27

GIONNI - non dico rallegrati, ma certo avreste potuto -

ARCADIPANE - regolare la nostra unione? ah questo, sì, subito.

GIONNI (*quasi tra sé*) Strano!

ARCADIPANE Che cosa?

GIONNI Potreste ancora...

ARCADIPANE E come? con lui vivo?

GIONNI C'è l'atto di morte -

ARCADIPANE - sarà annullato! -

GIONNI - per ora c'è - con tanto di firma del necroscopo. - Legalmente, è morto. -

ARCADIPANE Lei non lo dice sul serio...

GIONNI No, ma - certo - legalmente...

ARCADIPANE Signor dottore, la legge... quella di Dio: non ce n'è altra.

GIONNI Ma i vostri figliuoli...

ARCADIPANE Basterà loro non esser fuori della legge di Dio. Non ho nulla da lasciar loro, altro che l'esempio dell'obbedienza a questa legge. Mi duole il cuore per una cosa soltanto: che non udrò più la mia voce qua sotto le tegole di quest'atrio che mi ricorda... ah se lei sapesse, quante notti, seduto su quello scalino là a guardare quella scala... S'immagini che amore ho potuto mettere a queste pietre, a questa terra, a ogni albero che vi ho piantato, con lei

allude a Sara

che da padrona mi s'è fatta compagna... - Eccola che ridiscende col figlio. Mi ritiro. Non gli ho mai parlato; non mi son lasciato nemmeno vedere da lui.

> *Via per il fondo, svoltando a sinistra. Vengono giù dalla scala a destra Lucio e Sara. Lucio ha ventidue anni. Esile, pallidissimo, col viso scavato dal travaglio spirituale che gli ha acceso negli occhi una luce febbrile. Ha mani sensibilissime, gracili; e se le stringe spesso convulso. Non è affatto timido; anzi, come sospinto da un'ansia che, a volte, sembra irosa. Ha un po' d'impaccio dell'abito che indossa. Grigio, comperato bell'e fatto, piuttosto grezzo. Sembra un adolescente che porti per la prima volta i calzoni lunghi. Scende con la madre, in fretta.*

LUCIO No, no dottore -

GIONNI - buon giorno, Lucio -

LUCIO - buon giorno - io non potrò tacere, gliel'avverto, non potrò tacere, se egli viene qua -

GIONNI - io intendevo, su ciò che gli è accaduto -

28

LUCIO - tacere che cosa? -

GIONNI - ma questo che dicono un miracolo - l'ajuto che ho prestato io...

LUCIO - e perché tacerlo? -

GIONNI - perché ancora non ne sa nulla! -

LUCIO - nulla? -

SARA - che è stato lei?... -

GIONNI - per carità, non una parola su questo punto! Non ricorda nulla di nulla. Sa soltanto d'essere stato investito da un'automobile. Crede d'avere avuto una commozione cerebrale che gli ha tolto la memoria di tutto.

SARA Non sa dunque nemmeno dell'atto di morte?

GIONNI Nulla, nulla! Non ne ha il minimo sospetto, vi dico. Ringrazia Dio, che oltre la commozione che, sì, poteva essere mortale, non abbia avuto altro danno dall'investimento.

LUCIO E le pare possibile che non venga a saperlo?

GIONNI Quel che preme è che non venga a saperlo ora, nello stato in cui si trova. Tu puoi comprendere che sconvolgimento avverrebbe nel suo spirito.

LUCIO E non crede che sarebbe salutare?

GIONNI No, Dio liberi! Lèvatelo dalla testa! Gridò al sacrilegio per una coniglietta resuscitata, figùrati ora, se venisse a sapere... Ti giuro, Lucio, che se non era per la tua sorellina che mi gridava disperatamente di dare a lui quello stesso ajuto, io per me avrei esitato, me ne sarei fatto scrupolo, proprio, per le conseguenze... -

LUCIO - e se ora io contassi? -

GIONNI - ma no, che dici? su queste conseguenze? -

LUCIO - per richiamarlo alla vita, dottore, e far che Dio veramente - nel suo corpo rimesso in piedi - compia intero il suo miracolo!

GIONNI Vuoi dunque rischiare d'ucciderlo?

LUCIO Io? No, dottore. Guardi che lo rischia lei, piuttosto.

GIONNI Come? Perché?

LUCIO L'ha rimesso in piedi, per far di nuovo camminare... che cosa? un corpo soltanto?

GIONNI Un corpo? Ma tuo padre ha la sua fede!

LUCIO Appunto. Gliel'ha lei rispettata, rimettendolo in piedi con un mezzo ch'egli stima sacrilego? Appena verrà a saperlo, lei lo avrà ucciso.

GIONNI Ma mi sto dando appunto pensiero di questo, mi pare!

LUCIO Che non venga a saperlo? Se non sarà oggi, sarà domani.

GIONNI A me basta che non sia in questo momento, almeno! Pensa infine ch'è stato proprio per causa tua... -

LUCIO - non dica mia, non dica mia: dica ch'è stato per questa prova suprema - di vita - che Dio ha voluto mandare a lui e a me!

GIONNI (*facendo spallucce*) Prova suprema, prova suprema...

LUCIO Eh, più di così? Non l'impedisca in nessun modo, dottore, se egli viene qua, oggi, per affrontarla.

GIONNI Ma ti figuri che venga per questo?

LUCIO Non viene per parlare con me?

GIONNI Ma non aspettandosi, certo, a codesta prova suprema che tu dici!

LUCIO E a che cosa, allora?

GIONNI Ma io non so! Che tu receda, suppongo -

LUCIO - dal passo che ho dato? E vuole che non gli dica le ragioni per cui l'ho dato?

GIONNI (*arrabbiandosi*) Digliele pure! Fa' come credi! Gli sembreranno tutte eresie! Insomma, caro, senti: è veramente una sorte assai buffa, la mia! condannato a irritar tutti, sempre! Dev'esser la mia faccia - io non so - la mia voce... Rispetto la fede altrui, e irrito anche con la mia tolleranza! Penso come te, sento come te - ed eccoci qua - irritato tu, irritato io...

LUCIO (*sorridendo*) Ma no, io non sono affatto irritato...

GIONNI E io sì; e me ne vado! Ho fatto, da medico, il mio obbligo; ti scongiuro, da amico, di lasciar per ora tuo padre nell'ignoranza di quanto gli è accaduto.

SARA Sì, sì, credo anch'io che tu non debba dirgli nulla, per ora.

LUCIO Se credete che possa nuocergli, tacerò anche se mi costringerà a parlare -

GIONNI - non dico questo!

LUCIO Per forza, dottore! Vorrà parlarmi della mia fede perduta, e io dovrei allora rispondergli che non è vero che l'ho perduta, ma anzi acquistata -

GIONNI - non per lui - acquistata... -

LUCIO - la fede, ciascuno l'acquista per sé -

GIONNI - no, intendo dire: a suo modo di vedere... -

LUCIO - e acquistata, sa come? negando proprio quella morte, che voi avete tanta paura ch'egli venga a conoscere -

GIONNI - negando? come la neghi, la morte? -

LUCIO - col non presumere più che Dio, solo per il fatto naturale che domani questo mio corpo cadrà come una qualunque foglia appassita -

GIONNI - e non è morire questo? -

LUCIO - ma no! che morire, dottore - un po' di polvere che ritorna polvere -

GIONNI - questo lo dice anche tuo padre! -

LUCIO - sì; ma egli presume appunto -

GIONNI - già, sì: che il suo spirito -

LUCIO - *suo?* come *suo?* Ecco, vede dov'è l'errore? -

SARA - nel dire il *suo* spirito? -

LUCIO - ma sì, mamma! Ammetterlo eterno, infinito, e presumere che possa esser *mio*, di uno che è nel tempo, labile forma d'un momento, jeri o domani. Vedi com'è? Per non finire noi, annulliamo in nome di Dio la vita, e facciamo regnare Dio anche di là (non si sa dove) in un presunto regno della morte, perché ci dia là, un premio o un castigo. Quasi che il bene e il male potessero esser quelli di uno che è parte, mentre Egli solo, che è Tutto, sa ciò che fa e perché lo fa. Ecco, vede, dottore? questo dovrebbe esser per lui, com'è stato per me, il vero risorgere dalla morte: negarla in Dio, e credere in questa sola Immortalità, non nostra, non per noi, speranza di premio o timore di castigo: credere in questo eterno presente della vita, ch'è Dio, e basta. E Dio allora veramente, dopo quest'esperienza che gli ha concesso di poter fare, compirà - e soltanto Lui - il miracolo della sua resurrezione. Non dirò, non dirò nulla, glielo prometto; mi lascerò dire da lui quello che vorrà; e dirò di tutto, non dubiti, per non aver la sua sorte, dottore: dico, d'irritarlo.

GIONNI (*ammirato di quanto Lucio, con un fervore semplice e dolce, ha detto*) Eh già! Purché poi, tacendo, non lo irriti di più... È ben questa la mia sorte! Ora, per esempio, sono irritatissimo del consiglio che t'ho dato. Basta. Speriamo che tutto finisca bene. A rivederla, signora.

SARA A rivederla. Ma mi chiami Sara, non mi chiami signora. Tornerà?

GIONNI Sì sì, tra poco. A rivederla.

    Via per il fondo, voltando a sinistra. Si udrà, poco dopo, il suono delle sonagliere.

SARA Andrò via anch'io, ora...

LUCIO (*avvertendo il suono*) Senti, mamma?

SARA Che cosa?

LUCIO Queste sonagliere.

SARA Sono della carrozza del dottore.

LUCIO Quand'ero bambino, mi pareva che le campagne aperte, di mattina, nel sole, fossero fatte per diffonderne il suono festivo.

SARA Ma la campagna tu, da bambino, figlio mio... -

LUCIO - la vedevo dall'alto del cortile del Seminario, su a San Gerlando. I miei compagni nell'ora della ricreazione, si rincorrevano, gridando come pazzi e tirandosi su le tonache, per correr meglio. Io me ne stavo là in fondo, da dove si godeva la gran veduta della vallata verde, con lo stradone che la solcava; e vi scorgevo, piccole piccole, le carrozze che andavano in campagna, con l'attacco a tre, e me ne giungeva da lontano lontano - ecco, com'è ora - questo suono.

Voltandosi alla madre che piange

Tu piangi, mamma?

SARA Il pianto ch'è nella tua voce...

LUCIO Sì, avevo... avevo un'angoscia... L'angoscia della vita che avrebbe potuto esser bella. Mi pareva di sentir l'allegria d'una corsa in campagna, in quel verde indorato dal sole, nell'aria aperta. Ho così forte il senso dei luoghi, l'odore delle cose. Penso a quando uscivamo dal Seminario a due a due per la passeggiata, passando accanto a uno di quei landò d'affitto, in piazza, ecco, ne sento ancora quel tanfo di rimessa e vedo perfino un filo di paglia tra le labbra bige di quei cavalli; odo sui lastroni della piazza il suono dei loro zoccoli ferrati, quando scalpitavano. Vedi, mamma, la fede, quand'ero così piccino là nel Seminario, era... era odore, sapore... l'odore dell'incenso, della cera... il sapore dell'ostia consacrata... e uno sgomento dei passi che facevano l'eco nell'interno della chiesa vuota...

SARA Eri così tanto piccino... col visino anche allora così sbiancato... Ah che pena, figlio, quando ti vedevo venire a casa, nelle feste, con quella tonacella, che facevi l'atto anche tu di sollevare, per correre a me, e subito la lasciavi andare per non far ridere le ragazzine di strada che ti davano la baja: «*l'abatino! l'abatino!*» E avevi gli occhi come spauriti, quando mi guardavi...

LUCIO (*coprendosi gli occhi con le mani*) Ah no, mamma, non ricordare!

SARA Perché?

LUCIO Se sapessi che onta! perché avevo quegli occhi! Tutta la feccia della vita, così bambino, l'avevo già dentro; me l'aveva messa dentro uno, uno dei grandi, sai quello che poi impazzì? Si chiamava Spano: quello.

SARA Avevi appena sei anni...

LUCIO E sapevo tutto! E non so se era più orrore in me o terrore. Terrore di quella bestia mala che insudiciava tutto con l'immaginazione e non risparmiava nessuno!

SARA Anche di me ti parlava? Oh vile!

LUCIO Non puoi immaginare in che soggezione mi tenesse! Faceva di me la sua volontà; m'atterriva!

SARA Ah tanto no, non lo sospettai mai!

LUCIO Sapessi...

SARA Ti vedevo avvilito, mortificato, come un bambino della tua età non poteva essere; ma non avrei mai supposto per questo! Mi si torcevano le viscere, vedendo così - l'uno e l'altra - teneri teneri - avvizzire; e vedendo lui, vostro padre - che non era possibile (ora credo) non ne soffrisse - duro, ostinato, per non darmela vinta. Diceva che stavate bene -

LUCIO - ah sì, bene?

SARA - bene - e io, a prendervi le faccine e mostrargliele: «Hai il coraggio di dire che stanno bene?» Sentivo che non era vita per me da potersi reggere, con questo scempio che vedevo fare di voi, come alla mia stessa carne.

LUCIO Eh sì, difatti, la povera Lia... -

SARA Come me la vidi riportare a casa - cionca - finita - e vidi le suore che, dopo avermela ridotta in quello stato, me la dovevano assistere e curare... -

LUCIO - ah, loro? -

SARA - loro, capisci? non io! - loro! - m'avventai come una belva contro una; non so quello che le feci; me la strapparono dalle mani; mi presero per indemoniata.

Tronca, per frenare l'impeto d'odio che la riassale, e subito riprende:

Lucio, me ne fecero scappare - scappare - come una pazza! Pregai, scongiurai che la mia creatura mi fosse portata qua: ero sicura che l'avrei guarita: ma qua, sola con me, senza di lui: non potevo più vedermelo davanti: l'avrei ucciso. Mi rivoleva. Sì, perché - faceva il santo, il tiranno - ma poi, quello che più m'inferociva di lui, quando mi s'accostava, era quella mollezza della sua timidità...

Tronca con un'esclamazione e un atto di schifo:

- ah Dio! - Eppure ti giuro, Lucio, avrei, avrei fatto il sacrificio di resistere all'orrore che ormai ne avevo, purché ne fosse venuto un bene a voi, a voi, figli; e posi per patto che tu almeno fossi liberato e venissi qua con me, tu e la Lia. - Non volle, non volle. - E allora, lui no; e no anch'io! Quello che soffersi non te lo puoi immaginare: lo strazio mio qua, e il vostro là, a cui, anche se mi sacrificavo, non avrei potuto portar riparo.

LUCIO So che ricorresti ai tribunali -

SARA - mi diedero torto -

LUCIO - torto? -

SARA - a me, sì! dissero che dovevo stare con lui e la figlia; e che la pretesa di levar te dal seminario non era giusta; e insomma che ero io - io e non lui - a voler la fine della famiglia. Fu tale l'esasperazione, dopo due anni di lotta accanita, disperata, che buttai via tutto, via tutto! - Che vuoi? mi prese l'odio! - Di qua si vede la città - non potei più guardarla - voltavo la faccia, appena gli occhi, senza volerlo, m'andavano là. L'odio di quelle chiese, di quelle case, e il tribunale... tutto! - Quando a una madre si nega d'attendere ai suoi figli, a una madre che vuole la salute per i suoi figli le si dà torto - che vuoi? ci si danna! Buttai via tutto e mi feci contadina - contadina qua, sotto il sole, all'aperto! Un bisogno mi prese, un bisogno d'essere selvaggia; un bisogno di cadere a terra la sera come una bestia morta sotto la fatica - zappando, pestando le spighe sull'aja con le mule, a piedi nudi, sotto la canicola, girando a tondo con le gambe insanguinate e gridando come un'ubbriaca - bisogno d'essere brutale con chi mi pregava che avessi pietà di me - tu intendi chi - quest'uomo puro - puro, Lucio, come una creatura uscita ora dalle mani di Dio - quest'uomo che non ha saputo mai tollerare che mi facessi uguale a lui, e che impedì che mi dannassi, insegnandomi le cose della campagna, la vita, la vera vita che ha qui, fuori della città maledetta, la terra; questa vita che ora sento, perché le mie mani la servono, l'ajutano a crescere, a fiorire, a fruttare; e la gioja della pioggia che viene a tempo; e l'afflizione della nebbia che brucia gli olivi sul fiorire; e hai visto l'erba sulla proda qua della stradetta, d'un verde così nuovo e fresco, all'alba, con la brina? e il piacere, il piacere, sai, di fare il pane con le tue stesse mani che hanno seminato il grano...

LUCIO Sì, sì, mamma - e vedi che sono venuto a te...

SARA Figlio mio, la gioja che m'hai data, Dio solo che t'ha mandato me la poteva dare! E l'ho gridato, l'ho gridato a tuo padre, che mi son sentita ribenedetta! M'hai ripagato di tutto, figlio, con la tua venuta; e anch'io, vedi, di tutto ti posso parlare, così senza vanto né rossore, perché io sola so quel che ho dovuto soffrire, scontare, per divenire così, come forse nessuno più intende che cosa voglia dire: naturale.

LUCIO Io, l'intendo, vedendoti, sentendoti parlare.

SARA Mi sono veramente liberata; non desidero perché ho; non spero perché, ciò che ho, mi basta; ho la salute, il cuore in pace e la mente serena.

LUCIO Ma tu non puoi, tu non devi, mamma, andar via di qua.

SARA Son già via: tutta la roba è partita.

LUCIO No, no: l'impedirò io! Di questo sì, gli parlerò, e forte!

SARA Tu non puoi impedirlo, Lucio -

LUCIO - sì che posso! debbo! -

SARA - non puoi e non devi, no; e io, del resto, non voglio, non voglio.

LUCIO Ma tutto quello che hai fatto qua... -

SARA - non l'ho fatto per me. Vorrei sì - e questo lo dissi anche a tuo padre - vorrei averlo fatto per voi, per te e Lia. Questo sì, tu puoi provarti a impedirlo: che il podere - questa ricchezza - vada perduto, in mano di nessuno. Tu hai pur diritto di difendere, se non per te, per la tua sorellina, questo bene. Ma non puoi per me, e non devi; ripeto: io non voglio.

LUCIO Sta bene: lo farò per me e per Lia. Ma tu dove andrai?

SARA Non temere, abbiamo già provveduto; sappiamo dove andare: per ora, da un fattore nostro amico, un po' lontano da qui, alle Favare; poi, l'anno venturo, ci sarà affidato un podere qua vicino, a mezzadrìa; e ci sarà da guadagnare un po' anche per noi che, finora, sai? non abbiamo guadagnato mai nulla. Si dovrà pur mettere da parte qualche cosa... -

LUCIO - già, sì, per... Mamma, perdonami, io non ho ancora saputo trovar l'animo di parlartene: tu hai due figli...

SARA Sì, con lui - non l'hai ancora veduti - contadinotti, bruciati dal sole...

Lucio E lui... -

SARA - se sapessi, in quale apprensione, in quanta soggezione lo tieni... -

LUCIO Io?

SARA Sì: teme e si vergogna; non gli par l'ora d'andarsene; mi sa con te, e son sicura ch'è di là, in questo momento, come la cagna coi cùccioli, a cui il padrone ne abbia tolto uno per farlo vedere, non osa ringhiare e allunga da sotto in su gli occhi pietosi a sogguardare che gli fanno...

LUCIO Vuoi chiamarlo?

SARA Sì? vuoi che lo chiami?

LUCIO Sì; coi bambini.

SARA Saranno qua fuori; m'aspettano per partire.

Va in fondo e chiama verso destra:

Oh, Roro! Vieni... vieni, sì, qua... Coi bambini... vieni, vieni...

LUCIO Lo chiami Roro?

SARA Io, sì: si chiama Rosario; lo chiamo Roro. Il piccolo era già sulla mula. Eh, appena può cavalcare, lui, tutto felice!

LUCIO Come si chiamano i bambini?

SARA Uno, Tonotto, il maggiore; e l'altro Michele. - Eccoli qua.

Entra dal fondo Arcadipane coi due ragazzi per mano.

Questo è Arcadipane.

I due ragazzi corrono a lei: prima Tonotto e poi Michele.

E questo è Tonotto. E questo

prende in braccio il minore

è Michele.

LUCIO (*chinandosi a baciare Tonotto e poi baciando in braccio alla madre Michele*) Come sono belli, mamma! Forti.

SARA Sani.

Tu non ti ricordi di Lucio?

ARCADIPANE Sì, di quand'era bambino come quello.

Indica Tonotto.

LUCIO Anch'io ho un ricordo... ma non so più se sia vero... Anche di te, mamma... Ma forse, non propriamente ricordo: una visione che mi fosse venuta - non so - come da un'altra vita; come a guardare da una profonda lontana lontana finestra di sogno. Ma rivedendoti, ora... non so, m'è nato il dubbio che...

SARA Ma si sa che ora sono un'altra!

LUCIO Sì, certo; ma il dubbio, dico, che io l'abbia sognata, quell'immagine: era così un'altra... - No, sai, non più bella, mamma! anzi... Sei così bella ora, tanto, tanto più bella! E quella, anzi, così triste... E anche di lui, l'immagine che serbavo... Ma dimmi un po', mamma (non ridere) - tu non ricordi che a casa nostra... - quando c'eri - ci fosse una gatta bianca?

SARA Una gatta bianca? quando tu?...

D'improvviso, sovvenendogliene l'immagine:

- sì sì, c'era! c'era! Ma non una gatta, un gatto era - sì sì - bianco - un bel gattone bianco - eh altro! - sì, mi ricordo!

LUCIO E allora...

SARA Allora, che cosa?

LUCIO Quella che ho sempre ricordato, mamma, sì, doveva essere la tua immagine. - Una stanza... una sala da pranzo - grande - dal tetto basso -

SARA - ma sì, quella della casa dove stavamo prima -

ARCADIPANE - alla scesa di San Francesco -

LUCIO - io non me la ricordo affatto - ho solo, vaga, l'impressione di quella sala -

SARA - sì, con una finestra che dava sugli orti, di là dalla strada -

LUCIO - c'era in mezzo una tavola quadrata - la vedo - con un solo posto apparecchiato su una salvietta, ancora con le pieghe della stiratura - una bottiglia di vino nero, con la schiuma nel collo della bottiglia - (potrei prendermi sulle dita il filo di sole che vi batte sopra, dagli scuri della finestra accostati). - Lui sta seduto davanti a quella salvietta e mangia a capo chino. - Il gatto bianco sta seduto sulla tavola, in punta, dall'altro lato, ritto su le zampe davanti, con la coda che gli pende dalla tavola e che si muove di tanto in tanto, quasi per conto suo, come una serpetta. Tu, mamma, parli con lui e non badi a me; a un tratto ti volti, ti pieghi su le ginocchia, m'abbracci e, non so perché, ti metti a piangere, stringendomi forte forte; io, di sulla tua spalla, mi sporgo a guardar lui, come per il sospetto che sia lui a farti piangere; lo vedo alzare, brusco, con gli occhi rossi di pianto anche lui; andare a un angolo della stanza; prendere un fucile là appoggiato; ho una gran paura e sto per gridare, quando tu mamma d'improvviso mi lasci e corri dietro a lui uscito precipitosamente; resto come sospeso, smarrito, allora, e vedo il gatto balzare al piatto, addentare la carne rimasta e fuggire saltando dalla tavola. È curioso come mi sia rimasto così vivo il ricordo di questo gatto; mentre le vostre immagini - la tua, la sua... Ricordo bene il pianto.

SARA Era per te, figlio - anche il suo -

ARCADIPANE - per ciò che ella soffriva! -

SARA - m'ero ridotta a sfogarmene con tutti -

ARCADIPANE - ed era la pietà di tutti!

SARA Lucio, ora ti dico una cosa - davanti a lui. Non l'ho detta prima d'ora, neanche a me stessa. Quando, disperata, lasciai la casa e venni qua, sapevo, m'ero accorta che sotto la pietà di lui c'era già un sentimento per me

voltandosi ad Arcadipane

- di', è vero? è vero? -

ARCADIPANE (*più col cenno del capo che con la voce, raumiliato*) - sì, è vero -

SARA - una donna fa presto ad accorgersene, pur lasciando lì l'avvertimento che se ne ha, come non avvertito, e seguitando a trattare come potevo io allora trattar lui -

ARCADIPANE - ero il suo servo - e giuro che anche il mio sentimento... -

SARA - non c'è bisogno che tu lo giuri; vedi che ho premesso che sto dicendo una cosa che rivelo ora per la prima volta a me stessa: anche tu non volevi aver coscienza che m'amavi, non è vero?

ARCADIPANE - ne avevo paura!

SARA Ebbene, e io ora debbo dire che fu proprio questo, sì, quest'avvertimento segreto dell'amore di lui, Lucio, a tirarmi alla terra, a far la contadina; anch'io senza volerne aver coscienza, anzi come per una pazzia che volessi fare; ma sentendo in fondo che così soltanto mi sarei guardata dall'impazzire: sì, proprio, facendo la contadina come una pazza! E perciò tutti quegli sgarbi a lui, che non voleva ancora capire e cercava di trattenermi! - Devi ora capire anche tu, Lucio, che - avendo tagliato la mia vita, così come sono stata costretta a fare - a te che ritorni, figlio mio, da quella vita che non poté più essere mia, io non posso, non posso più trovar posto in questa d'ora, ch'è di lui e di queste due creaturine. Io debbo, debbo andare con loro.

LUCIO Sì, mamma, è giusto; e non pensare ch'io voglia, o che abbia sperato con la mia venuta... -

SARA - lo so, Lucio: lo dico per rinfrancare lui di fronte a te.

Ad Arcadipane:

Ora ce n'andremo.

LUCIO So anche che non posso nemmeno venire con te...

37

SARA No, Lucio, non puoi.

LUCIO Ma vorrei che tu almeno... -

SARA - di', di', che cosa? -

LUCIO - ecco - anche nascosta, mamma... -

SARA - nascosta? io? -

LUCIO - sì - mi déssi la forza - dopo che avrò parlato con lui - di prendere il mio nuovo cammino - solo, come dovrò, e senza più l'ajuto di nessuno, senza più stato.

SARA Ma no, perché? Non vorresti rimanere? -

LUCIO - dove? - accanto a mio padre - così?

Indica il suo abito, non più da prete.

Tu sai com'è!

SARA Ma non potrà mandarti via!

LUCIO Mandarmi via, no; ma non vorrà più, certo, darmi i mezzi per ritornare ai miei studii -

SARA - te li darò io i mezzi, se lui non vuole, a qualunque costo! -

LUCIO - no, mamma: tu non puoi -

SARA - potrò, potrò, sì - a qualunque costo, ti dico! -

LUCIO - non puoi, intendo, per la stessa ragione, mamma, per cui non è possibile ch'io venga con te.

SARA Ma non è la stessa cosa! No! Se li accettassi da lui...

indica Arcadipane.

Li avrai da me, dal mio lavoro -

LUCIO - lo devi ai tuoi figli quanto verrà dal tuo lavoro. No. E del resto, forse è meglio ch'io abbandoni i miei studi e mi provi anch'io, mamma, a liberarmi come te -

SARA -no! no! -

LUCIO - sì, a trovare anch'io la mia naturalezza -

SARA -no! -

LUCIO - perché diventi semplice e facile anche la mia vita nell'umiltà d'un lavoro manuale -

SARA - ma non potrai! -

LUCIO - potrò, potrò -

SARA - non ne avrai la forza -

LUCIO - la troverò -

SARA - no, no: devi fare altro bene, tu con la luce, figlio, che hai qua, nella fronte.

LUCIO Potrò sempre farlo, anche lavorando umilmente.

SARA Non devi, no; in questo non devi prendere esempio da me, no: io ho potuto farlo perché soltanto così potevo trovare la mia liberazione, e salvarmi. Ma tu no, tu hai tante vie davanti a te -

LUCIO - non ne vedo per ora nessuna -

SARA - se non hai potuto camminare per quella su cui egli da bambino ti volle mettere, avrà lui l'obbligo, ora, di darti il tempo e il modo di trovarne un'altra, degna di te, su cui camminare e arrivar lontano!

LUCIO Ecco, mamma, sì. - Ma non per parlare di me, no; per parlare di tutto; io ho bisogno d'un conforto che in questo momento puoi darmi tu sola. Sono venuto da te, sfidando tutto, soltanto per avere questo conforto.

SARA Sì, sì, dimmi, che conforto?

LUCIO Sentirti vicina (sia pure nascosta) quando parlerò con lui; anche per tenermi dal dire ciò che non debbo. Ho bisogno che questa forza mi venga da te: non me la negare. Poi andrai via. Nessuno ti tratterrà. Nessuno ti vedrà.

SARA Sì, Lucio, se tu vuoi -

ARCADIPANE (*in apprensione*) Ma nascosta, dove?

SARA - no: non nascosta: perché nascosta? l'ho già veduto e gli ho parlato a viso aperto: saprei, a un bisogno, riparlargli. Aspetterò là: le stanze son vuote: non potrà credere ch'io voglia rimanere: non c'è più neppure una seggiola: sederò su lo scalino sotto la finestra: aspettando che tu abbia finito di parlargli.

ARCADIPANE No, Sara... non lo fare!

SARA Di che temi?

LUCIO Ne rispondo io. Verrà via con me: tornerà ai suoi figli e a voi, non dubitate.

ARCADIPANE (*a Sara*) Ma non gli parrà che egli difenda la terra anche per te, se tu rimani qua?

SARA Gli ho già detto in faccia che non abbiamo bisogno del suo podere per vivere: se a noi non è venuto mai nulla...

LUCIO E nulla io farò per impedirgli di disporne come vorrà, state tranquillo. Accanto a lui, ripeto, non potrò più stare; andrò via anch'io. Del resto, mamma, lascia: va', va' pure con lui: mi farò forza da me.

SARA No no: io starò là, starò là.

Andate, andate. Aspettatemi nel podere del Lotti: vi raggiungerò. Se non è il dottor Gionni di ritorno, saranno loro. Va', va'.

Arcadipane, via dal fondo coi due ragazzi. Il rumore dei sonagli s'approssima. Sara s'avvia alla porta a sinistra, prima d'entrare, dice a Lucio:

Io sono qua, figlio mio.

Entra e richiude la porta.

Lucio resta in attesa. Poco dopo, la vettura, di là, si ferma. Si ode la voce di Cico.

CICO Ecco, ecco: la carrozzina è qua! Ajuto io! ajuto io!

DEODATA No, no, piano, Cico, lascia: so io come debbo prenderla.

CICO Pronta qua la carrozzina! - Ecco, brava. - E ora corre come sulle sue gambette!

Appare in fondo, nel sole, Lia sulla sua sediola a ruote. Seguono, correndo, Cico e Deodata.

LIA Lucio! Lucio! Dove sei?

LUCIO (*correndo e abbracciandola*) Eccomi, Lia!

DEODATA (*con una maraviglia, subito spenta dalla delusione e quasi dal disprezzo*) Eccolo là!

CICO Oh guarda! Non me n'ero neanche accorto...

LIA (*staccandosi dall'abbraccio*) Làsciati vedere! Nooo, buffo! Dio, sembri più piccolo!

DEODATA Hai faccia da comparire così...

CICO Pare uno qualunque...

LIA Non sembri più tu!

DEODATA Sapessi che effetto fai a chi ti rivede! Ma dov'hai comprato cotesto abito? Non vedi come ti sgonfia da collo?

LUCIO Che volete che m'importi? - Dov'è il babbo? Non viene?

LIA Viene, sì, con Monsignore, in un'altra vettura: hanno aspettato il notajo.

LUCIO Per la cessione del podere?

DEODATA Figùrati, appena ti vedrà così! Non vorrà più saper altro! - Intanto, guardala:

prende la faccia di Lia e la mostra a Lucio

le è bastato prender aria qua, appena appena: guardala, s'è tutta colorita.

LIA È tanto bello qua! tanto bello!

LUCIO Dunque, sempre ostinato?

DEODATA Tuo padre? più che mai!

LIA Sì: lo vedrai... fa paura; e anche una pena... una pena, Lucio...

LUCIO Ma non sospetta ancora nulla?

LIA Di che?

LUCIO Di ciò che gli è accaduto?

LIA Ah, no! neanche per ombra!

DEODATA Nulla!

Pausa tenuta.

CICO (*assorto, come tutti gli altri, nella cosa terribile accaduta*) Ed era morto! Proprio morto!

Pausa.

DEODATA Morto, sì.

LIA Come l'ho visto...

LUCIO (*con intenzione*) Morto?

LIA Sì.

LUCIO E allora, dillo! Morto. Devi dirlo anche tu!

LIA Morto, morto, sì.

DEODATA L'abbiamo visto tutti!

CICO Morto.

DEODATA Anche Monsignore!

CICO Anche lui: morto, lo vide bene. E poi l'accertarono due medici!

DEODATA Uno scrisse l'atto di decesso.

Pausa.

LUCIO (*a Lia*) Fosti tu, è vero?

LIA Io, che cosa?

LUCIO A far chiamare il dottor Gionni?

LIA Ah sì, io, io: mi misi a gridare! Nessuno voleva!

DEODATA Io, perché non ci credevo!

CICO Monsignore non voleva! non voleva! Corsi io per lui, a chiamarlo, il dottor Gionni. Lo volevo vedere anch'io là, davanti al cadavere!

LUCIO E allora?

LIA Subito, sai?... subito...

LUCIO Che cosa?

LIA - gli si rimise a battere il cuore, e il viso, da bianco che era... -

CICO - bianco... bianco... -

DEODATA - di cera. -

LIA - subito ritornò... - non ti so dire... - si vide... si vide che il sangue aveva ripreso a muoverglisi nelle vene -

DEODATA - e il respiro a sollevargli il petto -

CICO - riaprì le labbra -

LIA - sì, che cosa! appena appena! - la mia gioja! - era lì, ancora senza coscienza di vita, ma non più morto!gioja ma - insieme - una cosa... una cosa che atterriva! -

DEODATA (*con tono cupo, e voce lenta e spiccata*) - ancora, a pensarci, mi prende il tremito.

Pausa lunga.

CICO (*piano, come in confidenza, a Lucio, diabolico*) Hai avuto ragione, sai, di spogliarti.

DEODATA (*subito, forte, aspra, a Cico*) No! - Non dirlo! non dirlo!

CICO M'è scappato!

E si tura la bocca.

DEODATA M'avevi promesso di non dirlo.

CICO Non dirlo... Ma se poi lo pensi! -

42

A Lucio

Tu capisci: Morto - non sa nulla. Dov'è stato? - Dovrebbe saperlo, e non lo sa. - Se non sa neppure della sua morte, nulla, è segno che, per chi muore, di là non c'è più nulla - nulla.

Pausa.

LIA (*dopo una strana risatina, quasi tra sé*) Le mie alucce, Deodata? Le alucce d'angeletta... Dovevo averle in compenso dei piedi che mi sono mancati per camminare sulla terra... Addio voli lassù!

LUCIO (*commosso*) No, Lia...

LIA (*dolce*) Eh, se il paradiso non c'è...

Pausa. E poi, tra silenzi, una cupa lentezza:

CICO L'altra casa del Signore... la casa di là... per tutti quelli che qua hanno patito rassegnati...

DEODATA (*c. s.*) e non hanno goduto per non peccare...

CICO (*c. s*) gl'infelici, i diseredati...

DEODATA (*c. s.*) La buona novella di Gesù...

CICO (*c. s.*) Nulla... più nulla...

Si son sentiti, durante queste ultime battute, i sonagli d'una vettura, fievoli. Ora il suono è cessato. Momento d'attesa, pieno di sgomento e d'angoscia. Sopravviene dal fondo il dottor Gionni.

GIONNI Zitti, zitti tutti. Viene. Ha saputo!

LUCIO Ha saputo?

Gionni fa cenno di sì col capo. Nel silenzio che incombe, grave di tutto quello sgomento e quell'angoscia, Diego Spina si fa avanti dal fondo, seguito a qualche distanza da Monsignore Lelli e dal notajo Marra. Non vede nessuno. Scende lo scalino tra i due pilastri, viene alla tavola, cade a sedere a un lato di essa, bianco di terrore, con gli occhi sbarrati nel vuoto. Tutti lo guardano sospesi e smarriti, seguitando a tenere il silenzio, che è quello esterrefatto della vita davanti alla morte.

TELA

ATTO TERZO

La stessa scena del secondo atto, pochi momenti dopo.

Al levarsi della tela si rivedrà il quadro finale dell'atto precedente, e cioè gli stessi personaggi nella stessa posizione e nello stesso atteggiamento. Mancano soltanto Diego Spina e Lucio. Poco dopo, Lucio scenderà dalla scala a destra e tutti si volteranno a guardarlo, ansiosi.

LUCIO S'è chiuso dentro.

LIA L'hai chiamato?

LUCIO Ho tentato di farmi aprire.

MONSIGNORE Non ha voluto?

LUCIO No.

DEODATA Non t'ha nemmeno risposto?

LUCIO Alla mia insistenza, ha gridato: «Vattene!»

Pausa.

GIONNI (*in apprensione*) Vada su, vada su, tenti lei, Monsignore!

LUCIO No, Monsignore. Dal tono con cui m'ha imposto d'andarmene, è certo che in questo momento respingerebbe anche lei. Non vada.

Pausa.

MONSIGNORE È terribile.

Pausa.

LUCIO Forse è bene che misuri da solo quest'abisso della sua fede. E Dio allora risorgerà in lui.

MONSIGNORE (*urtato, severo*) Dio? Quale Dio vuoi che risorga più in lui?

LUCIO (*semplice*) Quello che è in tutti noi, Monsignore, per cui siamo in piedi.

MONSIGNORE (*voce da pulpito, ma sincera*) In piedi? Ma come, in piedi? Non vedi? Coi ginocchi che tremano dal terrore? E quella tua sorellina là - guardala! - non è in piedi. Fai mancare a tutti la terra, apri l'abisso e dici in piedi? Guarda là quella donna!

Indica Deodata.

Guarda quel vecchio!

Indica Cico.

CICO (*tutt'un fremito*) Lasci star me, lasci star me, Monsignore! Basta col suo Dio!

Si strappa dal capo il berrettino rosso e lo scaglia a terra.

Ho il mio diavolo, io, che d'ora in poi non me lo gabba più nessuno!

Raccatta da terra il berrettino e se lo ricalca in testa.

Basta! - E non dica vecchio! Vecchio, un corno!

Voltandosi di scatto a Deodata:

Deodata, mi vuoi? Ti sposo io!

Corre ad abbracciarla.

Ti sposo io, ti sposo io, Deodata!

DEODATA (*divincolandosi, mentre il notajo Marra ride a crepapelle, e ride anche, ma d'un altro riso, quasi involontario, Lia*) Lèvati, lasciami, pazzo!

CICO (*senza lasciarla, frenetico*) Ti sposo qua, ora stesso senza né legge né sagramenti; come i cani! E vedrai che godere non è peccare!

MONSIGNORE (*imponendosi, mentre il Gionni, accorso, respinge Cico con una manata sul petto*) Basta, Cico!

DEODATA (*c. s.*) Ma sarai tu cane! Lasciami!

GIONNI Lasciala!

CICO (*rivoltandosi contro il Gionni*) Chi vi c'immischia, voi?

GIONNI Non siamo bestie; siamo uomini!

MONSIGNORE (*al notajo Marra, che seguita a ridere*) E voi smettete di ridere, notajo! - Non impazziamo!

Intanto Lucio si sarà coperto il volto con la mano

GIONNI (*al Notajo*) Pensate che di su vi può sentire! E siete stato proprio voi...

MARRA Senza volerlo, scusate! Ignorando che non ne sapesse nulla...

GIONNI (*a Monsignore*) E io ch'ero corso qua a prevenire il figlio! Ma potevo mai supporre che proprio oggi, venendo per la prima volta - (immaginavo per parlare con lui)

indica Lucio

- dovesse portare il notaio?

MARRA Eh, volendo stendere l'atto di donazione del podere...

GIONNI Bravo! A saperlo! Ho creduto, ripeto, che venisse per persuadere il figlio a non dargli il dolore di quest'abiura...

MARRA No, no: intendo dire che per forza sarebbe venuto a sapere. Deve firmar l'atto. E come potevo farglielo firmare, se figura morto allo Stato Civile? Credevo che lo sapesse; e allora, ridendo, gli domando: «Oh, a proposito, vi siete fatto cancellare dal registro dei morti?» Vedo Monsignore farmi subito un atto, e lui sbiancarsi in viso e aggrottare le ciglia...

GIONNI (*a Monsignore*) Ma lei non tentò? -

MONSIGNORE - tentai; ma lui

indica il Notajo

senza capire -

MARRA - dica senza poter supporre! -

MONSIGNORE - si mise a parlare del vostro miracolo...

MARRA - Ma tutta questa impressione, poi, dico la verità... - Sì, capisco, venirlo a sapere così di colpo... - Ma, dopo tutto, se fosse capitato a me... Morto, sia pure... - mezz'ora (quant'è stato?) tre quarti d'ora... Però, se ora mi tocco e posso dire: «sono vivo...».

MONSIGNORE (*ergendosi, severo*) Vi pare che possa bastare? Vivo?

Staccando le sillabe:

Ma c o m e , vivo?

MARRA Eh, vivo... non lo vorrà negare! importa come?

MONSIGNORE Importa sopra ogni cosa!

MARRA Lo sa qua il dottore, come; e lo sappiamo tutti.

MONSIGNORE Ma non siamo qua per vivere soltanto, noi! E l'altra cosa che dobbiamo far tutti - morire - è tal cosa che - voi l'avete veduto - non saperne nulla, non poterne dir nulla, importa questo: sentire subito come spenta la vita, e restare annientati.

Pausa.

DEODATA (*nel silenzio*) La disperazione.

Pausa.

CICO (*nel silenzio*) La sua anima, appena uscita dal corpo, doveva comparire davanti alla Giustizia Divina. Non è comparsa. Che vuol dire? Non c'è giustizia divina. Non c'è nulla di là.

Pausa.

Addio chiesa, Monsignore! Addio fede!

Pausa.

LIA (*nel silenzio, con una vocina chiara, in cui quasi sorride per troppo tremore l'angoscia d'una disperata necessità*) Bisogna che Dio ci sia anche di là.

LUCIO (*come trasfigurato in un impeto di commozione divina*) Sì, Lia, c'è! Sorellina mia, c'è - sì - ora sento che c'è - ci dev'essere, ci dev'essere! - Sì, Monsignore: ridare le ali a cui sono mancati i piedi per camminare sulla terra! - C'è! C'è! - Ora intendo e sento veramente la parola di Cristo: CARITÀ! Perché gli uomini non possono star tutti e sempre in piedi, Dio stesso vuole in terra la sua Casa, che prometta la vera vita di là; la sua Santa Casa, dove gli stanchi e i miseri e i deboli si possano inginocchiare, e tutti i dolori e tutte le superbie inginocchiare! Ecco, Monsignore, così,

s'inginocchia

davanti a Lei, ora che mi sento degno di nuovo di rindossar l'abito per il divino sacrificio di Cristo e per la fede degli altri!

MONSIGNORE (*chinandosi e posandogli le mani sul capo*) Figlio mio benedetto, ecco che Dio dalla mente ti ridiscende nel cuore!

DEODATA (*giojosa e stupita*) Rindossa l'abito?

CICO (*quasi feroce*) Ma il fatto? ma il fatto?

MONSIGNORE (*ancora curvo su Lucio*) Che fatto?

CICO Di lui su, che ritornato in vita, non sa nulla di là?

MONSIGNORE E chi t'ha detto che Dio conceda di sapere a chi ritorna di là? Tu devi credere e non sapere!

LUCIO (*rialzandosi*) In Dio non si muore!

S'avvia, raggiante, alla scala a destra per andar su a rindossare il suo abito sacerdotale. Sara che ha ascoltato tutto, nascosta, a questo punto apre la porta a sinistra e si mostra tutta tremante di commozione. Chiama il dottor Gionni.

SARA Dottore, dottore...

Tutti si voltano stupiti.

GIONNI (*avvicinandosi*) Ah, lei, signora? Era di là?

SARA Sì. Come lui aveva voluto.

GIONNI Lucio?

SARA Sì. Perché gli déssi forza... ma l'ha trovata, l'ha trovata in sé lui stesso, la forza di compiere il sacrifizio -

GIONNI - per la salvazione del padre. Forse ora su, come lo vedrà rivestito -

47

SARA - sì, sì: tremo tutta, mi vede... Ora non ha più bisogno di me, e io me ne posso andare. Gli dica che lo benedico per quello che fa. Nessuno più di me può sapere che cosa sia. M'ha parlato della vita: come la sente! come la sente! come la vivrebbe! - Ci rinunzia. Va a rimorire nel suo abito.

GIONNI Ha detto egli stesso che in Dio non si muore.

SARA Sì. E così è vero, ecco, così è vero che anche in terra ci sono i santi.

MONSIGNORE Per riaccendere nel bujo della morte il divino lume della Fede, che è carità per tutti quelli a cui fu negato ogni bene nella vita.

DEODATA Avrebbe potuto mantenerlo acceso in sé questo lume, senz'aspettare di veder la morte e la disperazione di suo padre e di noi tutti.

MONSIGNORE E voi non avreste allora veduto questo richiamo di Dio in lui e la necessità della Fede.

CICO (*irritatissimo*) Ma non dite altre parole, non dite altre parole! A me basta soltanto quello che Lei ha detto poco fa; che Dio può non concedere di sapere a chi ritorna di là: ecco, questo.

E subito, sotto sotto, come se veramente in lui parlasse un altro:

Benché potrebbe concederlo e farci sapere, visto che c'è uno ch'è ritornato!

MONSIGNORE Finirebbe la vita...

CICO Perché finirebbe?

MONSIGNORE Perché la vita è a patto che tu la viva appunto senza sapere, solo credendo. Guaj a chi crede di sapere! Dio solo sa tutto e l'uomo davanti a Lui deve chinare la fronte e piegare i ginocchi.

Si ode a questo punto dall'alto, ma rintronante nel fondo della scena a sinistra, il fragore d'una fucilata. - Restano tutti allibiti. - La prima impressione è che Diego Spina si sia ucciso. Tutti si voltano a guardare in su, verso la scala.

DEODATA Oh Dio, ch'è stato?

CICO S'è ucciso! s'è ucciso!

LIA No, papà, papà! Correte! Correte!

MONSIGNORE C'è su Lucio! Possibile?

GIONNI (*trattenendo Cico*) Ma no, il colpo è rintronato di qua!

Accenna in fondo a sinistra.

E dal fondo a sinistra appare difatti Arcadipane, tutto stravolto, ferito alla testa di striscio, con le mani insanguinate sulla tempia manca. - Sara, appena lo vede, dà un grido e corre a lui, atterrita. Parlano tutti simultaneamente.

SARA Ah! Tu? Chi è stato? Che t'hanno fatto?

MONSIGNORE È stato lui?

ARCADIPANE M'ha tirato. Dalla finestra. Non è niente! Non è niente! Qua, di striscio.

GIONNI Fate vedere! Fate vedere!

MARRA È impazzito? Dopo tant'anni?

LIA Che è stato? Che è stato?

DEODATA Tuo padre! Gli ha sparato dalla finestra!

CICO Ha voluto ucciderlo!

SARA (*al Gionni che osserva la ferita*) Che cos'è, che cos'è, dottore?

GIONNI Niente, proprio niente, per fortuna! Appena una scalfittura!

Ma vien giù dalla scala a precipizio Diego Spina, come un pazzo, ancora armato di fucile, con Lucio rivestito dell'abito talare, che cerca di trattenerlo. Scattano gridi simultanei d'orrore, di terrore, di richiamo, di supplicazione.

- Ah Dio, eccolo! - No! No! - Papà! Papà! - Dio di misericordia! - Trattienilo, Lucio! Trattienilo!

Ed è in tutti quella perplessità tra il coraggio e la paura, se lanciarsi a disarmarlo o schermirsi dalla mira; mentre Diego Spina cerca col fucile imbracciato Arcadipane, gridando a Lucio da cui s'è svincolato:

DIEGO Lasciami!

E agli altri:

Fate largo! largo! Prima l'uccido; poi m'arresterete!

SARA (*lasciando Arcadipane e facendoglisi incontro*) Chi uccidi? Perché vorresti ucciderlo?

LUCIO (*accorrendo a ripararla*) No, mamma!

E contemporaneamente Arcadipane, divincolandosi tra quelli che cercano di trattenerlo e ripararlo.

ARCADIPANE No, che fai, Sara? Lasciatemi!

Ma alla sfida di Sara, Cico ha spiccato un salto e s'è buttato sul fucile spianato; l'ha fatto abbassare e ha afferrato alla vita Diego Spina, che tenta liberarsene, dibattendosi. Seguitano a parlar tutti simultaneamente.

CICO Fermo! Siete pazzo?

DIEGO Ah cane! Lèvati!

A Sara:

No, non te! Via tu! Lui! Lui!

SARA Ma ucciderai me prima!

MONSIGNORE Bravo, Cico! Tienilo, tienilo forte!

GIONNI (*accorrendo*) Per carità, signor Spina!

MARRA (*c. s.*) Dite sul serio, dopo tant'anni?

DEODATA Qua c'è sua figlia! c'è sua figlia!

LIA Papà! Papà mio!

DIEGO (*seguitando, rivolto a Sara poi agli altri, la sua battuta*) Non deve più vivere! Non deve più vivere! Lasciatemi!

SARA (*c. s.*) Ma sì, lasciatelo! Sono qua io! Lascialo, Cico! Voglio vedere che vuol fare!

ARCADIPANE Non lo cimentare, Sara!

SARA Aspetta tu là!

LUCIO Mamma!

SARA (*a Lucio*) E tu lèvati! Lasciatelo parlare con me.

A Diego:

Che vuoi fare?

DIEGO Non lo so! Non lo so! Posso far tutto!

SARA Tu non puoi far nulla!

DIEGO Tutto! Tutto!

SARA Perché non ti credi più tenuto da Dio -

CICO Vi teniamo noi!

SARA - diventi bestia e uccidi? ma neanche le bestie uccidono così!

DIEGO Non ho più ragione, più ragione di nulla! Posso far tutto!

A Cico che non lo lascia, cedendo l'arma, con uno scatto di tremenda esasperazione:

Prenditi il fucile, lasciami!

Cico lo lascia, tenendosi il fucile.

50

Ecco, sono disarmato: arrestatemi! È là ferito. Ho voluto ucciderlo, sì; appena l'ho visto dalla finestra, qua sulla terra, sulla terra -

SARA - aspettava me, per andarcene -

DIEGO - no! dico sulla terra, dove sono caduto da tutta quella menzogna lassù... La terra... le cose... tu che ci sei rimasta con lui... Ah ma ora no, sai? ora no! ora no...

E di nuovo si lancia, per prenderla; ma è subito di nuovo trattenuto; come di là Arcadipane che a sua volta si lancia; e di nuovo tutti parlano simultaneamente.

CICO (*di qua, attorno a Diego Spina con Monsignore e il Marra*) Ancora? Ah non vi lascio più!

MONSIGNORE Non vi basta quello che avete fatto?

MARRA Quest'è pazzia!

DIEGO Né io né lui! Non posso più tollerarlo! Né io né lui! Sì, sì, sono pazzo!

ARCADIPANE (*tra Sara, Lucio e Deodata che lo trattengono*) Guai a voi se v'attentate a toccarla! Ah vorreste ora riprendervela?

SARA No, tu no! Tu sta' qua! Basto io! basto io!

LUCIO Lasciatelo dire! Consideratelo!

DEODATA Non è più lui! Non è più lui!

DIEGO (*seguitando, rivolto a quelli che trattengono Arcadipane*) Ma sì, lasciatelo! M'uccida, m'uccida, è meglio! Ne ha il diritto: io ho voluto uccidere lui! Tutti i delitti, e anche questo! Tanto, non si paga nulla, se tutto si paga qui! La carcere? È tutta carcere, carcere senza scampo! Di là non c'è nulla! Lo so io!

Di scatto, al Gionni

Dottore, vi siete divertito a pungermi il cuore, come un coniglio?

GIONNI Ma è stata la vostra figliuola – guardatela!

LIA (*straziata*) Papà, papà mio!

DIEGO (*buttandosi sulla sediola di Lia*) Figlia mia, figlia mia, perché l'hai fatto? per farmi vedere questo scempio, questo scempio che ho fatto di te?

Rialzandosi e rivoltandosi al Dottore:

Ma voi che lo sapevate, tutto quest'orrore che mi sarei trovato davanti, riaprendo gli occhi, come vi siete prestato? Perché io sono stato morto - voi lo sapete - l'avete visto tutti, - morto, - morto, - l'avete visto anche voi, Monsignore!, - morto, - e un altro medico - non lui - un altro medico ha accertato la mia morte e steso l'atto di morte - e poi lui m'ha rimesso in vita, come un coniglio - e io non ho saputo nulla, e non so nulla, non so nulla, Monsignore! Fallimento, fallimento, se era bottega! Lo posso gridare a tutti: fallimento: io che lo so! O se è fede sincera come la mia, perdetela! perdetela!

MONSIGNORE Ma vostro figlio - guardate - l'ha riacquistata!

DEODATA Ha rindossato l'abito, guardi; ha rindossato l'abito!

MONSIGNORE Di nuovo nella luce di Dio!

DIEGO (*a Lucio, restando*) Tu?

LUCIO Sì, padre.

SARA Per te!

MONSIGNORE Per tutti!

DEODATA Sì, per tutti noi, per tutti noi, per questa sua sorellina!

DIEGO Ma come? ora? ora ch'io so...?

CICO No, no: voi non sapete nulla! Dio può non concedere di sapere a chi ritorna di là! Non è prova la vostra! non è prova!

DIEGO Come non è prova? Morto, l'anima mia, l'anima mia, dov'è stata, nel tempo che sono stato morto?

LUCIO (*semplice e dolce*) In Dio, padre. La tua anima è Dio, padre; e tu dici tua: è Dio, vedi? e che puoi tu sapere della morte, se Dio ora, per un suo miracolo -

DIEGO - un suo miracolo? - ma se è stato lui!

Indica il dottor Gionni.

LUCIO - non lui! credi che tutti i morti possano risuscitare per opera d'un medico? Riconosce lui stesso ch'è stato un miracolo!

DIEGO Sì: della sua scienza!

LUCIO Se l'anima nostra è Dio in noi, che vuoi che sia la scienza e un suo miracolo, se non un miracolo di Lui quand'Egli voglia che si compia? e che puoi tu sapere della morte, se in Dio non si muore, ed Egli ora è di nuovo in te, come ancora in tutti noi, qua, eterno, nel nostro momento che solo in Lui non ha fine?

DIEGO Tu, ora mi parli così? tu? tu, per cui io...?

LUCIO Sì; perché tu risorga dalla tua morte, padre. Vedi? tu avevi chiuso gli occhi alla vita, credendo di dover vedere l'altra di là. Questo è stato il tuo castigo. Dio t'ha accecato per quella, e ti fa ora riaprire gli occhi per questa che è Sua, perché tu la viva - e la lasci vivere agli altri - lavorando e soffrendo e godendo come tutti.

DIEGO Io? E tua sorella? E tu? Ho voluto... ho voluto uccidere... e tutto il male che ho fatto...

LUCIO Me l'assumo io, padre, e lo riscatto! Se ora questo tuo male io l'accetto, e lo sento, lo sento come un bene, come un bene per me, questo è Dio, vedi? questo è Dio, Dio che ti vede coi tuoi stessi occhi, e vede quello che fai, quello che hai fatto, e quello che ora devi fare.

DIEGO Che debbo fare? che debbo fare?

LUCIO Vivere, padre: in Dio, nelle opere che farai. Alzati e cammina, cammina nella vita. E lascia, lascia a quest'uomo

indica Arcadipane

la sua donna; lascia a questa madre la sua figlia. Ma tu non devi aspettare, Lia, sento, sento che tu non devi aspettare, sorellina mia, ch'io ritorni a far cantare per te l'organo in chiesa, in gloria dei cieli.

Si rivolge alla madre:

Mamma, mamma, chiama la tua figlia!

SARA (*trasfigurata, come per riflesso, dalla divina esaltazione del figlio: tendendo le braccia a Lia*) Figlia! Figlia mia!

LIA (*sorgendo al richiamo della madre dalla sua sediola e accorrendo a lei sulle gambine ancora incerte*) Mamma! Mamma!

Lucio è come in una luce divina.

CICO Ecco il miracolo! il miracolo!

E cade in ginocchio.

Cammina... cammina...

Anche gli altri, sbalorditi di gioja, accennano con le labbra la parola:

Miracolo.

TELA